Carolin Hristev

Keiner zwischen uns

Carolin Hristev wurde 1980 im heutigen Chemnitz geboren. Nach Aufenthalten in St. Petersburg und Großbritannien studierte sie Englisch und Russisch in Berlin und in Leipzig. Im Moment ist Hamburg ihr Zuhause, wo sie an einer Abendschule Englisch unterrichtet. Vor und nach dem Unterricht schreibt sie Geschichten. Carolin Hristev interessieren die heutigen Menschen mit ihren Konflikten und Problemen. Ihnen versucht sie, durch das Schreiben auf die Spur zu kommen. Ihre Vorbilder sind Wolfgang Herrndorf und Khaled Hosseini, aber auch die wichtigste Autorin ihrer Kindheit, Astrid Lindgren.

Carolin Hristev

KEINER ZWISCHEN UNS

GULLIVER
von BELTZ & Gelberg

Ebenfalls lieferbar:
»Keiner zwischen uns« im Unterricht
in der Reihe *Lesen – Verstehen – Lernen*
ISBN 978-3-407-81317-6
Beltz Medien-Service; Postfach 10 05 65, 69445 Weinheim
Kostenloser Download: www.beltz.de/lehrer

FSC
www.fsc.org
MIX
Papier aus verantwortungsvollen Quellen
FSC® C089473

Klimaneutral
Papier
ClimatePartner.com/13732-1910-1001

Dieses Buch ist erhältlich als:
ISBN 978-3-407-81316-9 Print

in der Verlagsgruppe Beltz · Weinheim Basel
Werderstraße 10, 69469 Weinheim

Originaltitel: Carolin Hristev: Keiner zwischen uns

Neue Rechtschreibung
Umschlaggestaltung: Cornelia Niere
Druck und Bindung: Beltz Grafische Betriebe, Bad Langensalza
Beltz Grafische Betriebe ist ein klimaneutrales Unternehmen
(ID 15985-2104-100).
Printed in Germany
1 2 3 4 5 27 26 25 24 23

Weitere Informationen zu unseren Autor:innen und Titeln
finden Sie unter: www.beltz.de

***

Ich stolpere über dieses verdammte Feld in diesem hässlichen Bundesland namens Mecklenburg-Vorpommern und kriege es einfach nicht in meinen Schädel. Wie kann man so derbe reinfallen?! Wie kann man sich so dermaßen täuschen?! Und wie kann jemand einen so eiskalt anlügen? Jemand, dem du mehr vertraut hast, als irgendwem sonst auf dieser verfickten Welt? Nelson, Bro. Wir sind Brüder, Nelson. Und ich Idiot hab das wirklich geglaubt. Mein Leben hätte ich Hamza anvertraut. Ohne auch nur eine Sekunde zu zögern. Zum zwanzigsten Mal bleibe ich an irgend so einer Kartoffelpflanze hängen oder was immer das für ein Zeugs ist, das hier wächst. Alter, wie konnten wir nur auf die unterirdisch bekloppte Idee kommen, die Klassenfahrt nach Mecklenburg-Vorpommern zu machen?! Ich sehe überhaupt nichts, es ist fast komplett dunkel. Meine Schuhe kann ich wahrscheinlich auch in den Müll schmeißen. Das heißt, wenn dieses beschissene Feld überhaupt irgendwann aufhören sollte. Ich habe keine Ahnung, in welcher Richtung die Jugendherberge liegt. Aber es interessiert mich auch nicht. Nicht im Geringsten. Auf meinem Handy öffne ich das Bild von Marie. Verdammt, ich finde kein Wort dafür, wie sehr mir mein Herz wehtut. Ich denke daran, wie sie vor drei Monaten neu in unsere Klasse gekommen ist. Ich weiß es noch, als ob es gestern gewesen wäre. Es war der Tag, der mein Leben in so was verwandelt hat, was zum Beispiel Gefangene auf Alcatraz statt einem Leben haben. In anderen Worten: Die Hölle.

Oh, verdammt, das Leben ist so ein Verräter! Nein, nicht das Leben. Jemand anderes ist der Verräter. Hamza ist der Verräter, und je länger ich darüber nachdenke, desto mehr habe ich das Gefühl, gleich durchzudrehen. Ich bleibe stehen und schaue das Foto von Marie noch einmal ganz genau an. Ich habe es bei unserem Sportfest gemacht, und es sind noch ein paar andere aus der Klasse darauf. Ich vergrößere das Foto, sodass Maries Kopf den gesamten Bildschirm ausfüllt, und streiche mit dem Finger vorsichtig über ihr blondes Haar. Dann lösche ich es. Und dann lösche ich jedes einzelne Bild, das ich von Hamza habe. Es sind Hunderte. Eine halbe Stunde stehe ich mitten in der Nacht auf einem nach Jauche stinkenden Feld und lösche Fotos.

Verdammt, wer hätte geahnt, dass mein bester Freund ein Lügner und ein Verräter ist?!? Ein Heulen kommt aus meiner Brust, als ich das letzte Bild von ihm lösche. Ich fühle mich, als habe ich eine Blutsbrüderschaft aufgelöst. Und genau das habe ich ja auch getan.

ALS OB ES GESTERN GEWESEN WÄRE …

1

NELSON

»Oh, là, là, chica«, sagt Djamila und schnalzt mit der Zunge, als Frau Häuser zur Tür reinkommt. Seit Frau Häuser schwanger ist, trägt sie meistens Kleider, und das heute sieht richtig gut aus. Aber Frau Häuser mag es anscheinend nicht, wenn sie von Djamila Komplimente bekommt, und guckt Djamila nur streng an. Und dann guckt sie noch mal in den Flur und sagt: »Hereinspaziert! Nur nicht so zaghaft!« Und da passiert es. Mein Herz bleibt stehen.

Es ist der erste Tag im neuen Halbjahr, und Frau Häuser hatte uns schon vorgewarnt, dass wir zwei neue Schülerinnen bekommen. Aber niemand hatte mich vorgewarnt, was das für mich heißen würde.

Ich versuche, mir nichts anmerken zu lassen und gucke einfach wie alle anderen unsere beiden neuen Mitschülerinnen an, die total verschüchtert nebeneinander vor der Tafel stehen.

Die eine blond wie sonst was.

Von der anderen kann man die Haarfarbe nicht erkennen – unter dem Kopftuch trägt sie extra noch so ein Band, damit man auch nicht den Schatten eines Haares sieht. Dazu ein langes Gewand, unter dem nur ihre Turnschuhe hervorschauen.

Die Blonde ist bisher hier in Hamburg auf eine Privatschule gegangen, sagt sie mit Piepsstimme.

Die im Kopftuch erst vor einem Jahr mit ihren Eltern aus Afghanistan geflüchtet, erzählt Frau Häuser.

Marie und Barin.

»Hast du gemerkt, wie Ibo die Neue angestarrt hat?«, sagt Hamza auf dem Nachhauseweg zu mir.

Ich werde hellwach. »Echt jetzt?«

»Das war *soooo* auffällig. Du kriegst echt nichts mit, Nelson«, Hamza grinst. »Das hättest du sehen sollen, *zu* lustig, Digga. Und es hatte ganz sicher nichts mit dem Kopftuch zu tun. Hau rein.« Wir geben uns Ghettofaust und er zieht ab.

Es stellt sich ziemlich schnell heraus, dass Marie schlau ist wie nichts. Seit ein paar Tagen hat sie den Spitznamen »Streberin«. Kam natürlich von Ibo.

Ich stehe mit meinen Freunden auf dem Pausenhof rum. Alex hat Karim gerade aus Spaß im Schwitzkasten und Julius zeigt Hamza was auf dem Handy, als Ibo vorbeikommt. Er ist sauer, weil er in der Deutscharbeit, die wir heute zurückgekriegt haben, eine Fünf hat. »Das is *soo* unfair, Digga, *soo* unfair! Ich hab noch nie eine so unfaire Lehrerin gesehen, ich schwör, Digga!«, sagt er so laut zu Tolga, dass alle im Umkreis von zwanzig Metern es hören. Und dann brüllt er plötzlich aus vollem Hals: »Nur, weil Marie blonde Haare hat, kriegt sie in Deutsch 'ne Eins!«

»Ganz klar!«, sage ich laut und höhnisch. »Sie hat 'ne bessere Note als du, weil sie blonde Haare hat. Und auf *gar* keinen Fall, weil du dumm bist wie'n Stück Schnur, Ibo!«

»Hä?!«, macht Ibo und kommt drohend auf mich zu. »Was muckst du, Nelson? Verpiss dich, du Platzverschwendung, oder du kassierst Schläge!«

»Ich hab ja *solche* Angst!«, sage ich und beachte ihn nicht mehr.

Früher hatte ich wirklich Angst vor Ibo und was für welche. Er ist immer noch mein Feind. Aber dass ich Angst vor ihm hatte, ist lange her.

»Nach der Logik von Ibrahim Coskun hättest du auch 'ne Eins kriegen müssen, Julius!«, sagt Hamza grinsend und gibt Julius einen kleinen Klatscher gegen seinen blonden Kopf. »Willst du dich nicht beschweren gehen?«

In der nächsten Stunde will Frau Häuser mit uns noch mal paar Sachen wegen der Klassenfahrt besprechen, deshalb müssen wir unsere Stühle im Kreis aufstellen. Keiner außer ihr weiß, was das eine mit dem anderen zu hat, aber egal. Der Stuhlkreis hat durchaus sein Gutes, denn mehr oder weniger aus Versehen sitzt Marie neben Frau Häuser. Ich tue, als ob ich Frau Häuser angucke, aber in Wirklichkeit gucke ich Marie an.

»Also, Jungs und Mädels, hier ist die Liste, auf der steht, was ihr alles mitnehmen müsst und dürft –«

»Ist doch noch fast drei Monate Zeit«, sagt Theo.

»Ja, aber vielleicht muss der eine oder die andere noch was kaufen, deswegen gebe ich euch die Liste schon jetzt.«

Ich höre nicht mehr zu, auch wenn ich so tue, als ob ich Frau Häuser aufmerksam anschaue. Wenn ich Marie nicht vom ersten Moment an so mögen würde, hätte ich wahrscheinlich auch gedacht, dass sie eine Streberin ist. Und vielleicht ist sie das sogar. Aber egal, oder?! Sie ist eben schlau! Dass sie sich in unserer Klasse nicht wohlfühlt, sieht man deutlich. Kein Wunder, wenn man gleich Ibo gegen sich hat. Als sie merkt, dass ich sie angucke, lächle ich ihr zu. Sind eigentlich alle ganz o. k. hier, will ich damit sagen, und nicht alle haben was gegen dich.

Als Karim aufs Klo geht, fällt mir was Lustiges ein. Ich rutsche mit dem Stuhl ein bisschen nach hinten, sodass Karim die Tür nicht aufkriegt, als er zurückkommt. Ein paar Mal donnert er mit der Tür gegen meinen Stuhl, und alle lachen. Als Frau Häuser mich streng anguckt, rutsche ich so weit zur Seite, dass Karim durchschlüpfen kann. »Bist du zu dumm, die Tür ordentlich aufzumachen, oder was?!«, sage ich und boxe ihn in die Rippen. Er versucht, mir ins Gesicht zu klatschen, was ich erfolgreich verhindere. Frau Häuser sieht aus, als ob sie gleich sauer wird. »Wenn ihr mitwollt nach Holland, dann solltet ihr euch jetzt zusammenreißen!«, sagt sie.

Frau Häuser ist cool, sie guckt manchmal Filme mit Will Smith mit uns, also versuche ich, sie nicht weiter aufzuregen. Außerdem ist sie schwanger.

»Wohin fahren?«, fragt da jemand mit einer dünnen Stimme. Es ist Barin, unsere andere neue Mitschülerin.

»Nach Holland, Barin, in die Niederlande«, sagt Frau Häuser.

»Oh. Ich nicht mitkommen kann.«

»Warum?«, fragt Frau Häuser. »Wenn's am Geld liegt, da gibt es Möglichkeiten …«

Aber Barin steht auf und geht zu ihrer Tasche und holt was, und das zeigt sie Frau Häuser. Es ist ein Ausweis oder so was in der Art, und als Frau Häuser den angeschaut hat, sagt sie: »Oh, schade, das heißt, du darfst Deutschland nicht verlassen, verstehe. Hmmm …«

Und schon am nächsten Tag kommt unsere Lehrerin mit einem *zu* heftigen Vorschlag. Andererseits, es ist typisch für sie.

In ihrer fröhlichsten Stimme sagt sie: »Ich hab zu Hause noch mal recherchiert, weil wir ja gestern erfahren haben, dass Barin nicht ins Ausland reisen darf …«

»Warum eigentlich nicht?«, ruft Karim dazwischen.

»Weil sie nur eine befristete Aufenthaltsgenehmigung hat, die alle paar Monate verlängert werden muss. Jedenfalls, es gibt noch eine andere ziemlich schöne Variante. Ihr könntet wohin fahren, wo es mindestens ebenso schön ist wie in Holland, und Barin könnte mitkommen. Es gibt dort einen See, und die Jugendherberge – «

»Wo ist es? Wohin?«, schreien gleich alle durcheinander.

Als wir es hören, sind wir enttäuscht.

»Mecklenburg-Vorpommern!?!?«, sagt Djamila. »Im Ernst jetzt?!? Das is alles außer cool, Frau Häuser!«

»*Sie* fahren ja nicht mit!«, ruft Julius. »Ihnen kann es ja egal sein! Sie sitzen schön mit Ihrem Baby zu Hause, und wir kommen dort inzwischen um vor Langeweile!«

»Wartet!«, ruft Ibo und sieht sich um, damit auch ja alle zuhören, wenn er redet. Und dann ruft er begeistert: »Ein See, Mann! Is doch geil, Mann!«

Anscheinend weiß daraufhin niemand, was er sagen soll. Hat Ibo noch nie einen See gesehen? Aber weil es Ibo sagt, widerspricht auch erst mal keiner.

Dann meldet sich Gülcan. »Ich freu mich auch mega auf Holland«, sagt sie, »aber … ich fänd's auch unfair, wenn Barin nicht mitkann!«

»Is mir doch egal!«, ruft Theo. »Wir haben das schon so lange geplant!«

»Is dir *egal?!* Junge, du hast voll kein Gewissen!!«, schreit Ibo, und das ist so lustig, dass Ibo von Gewissen redet, dass alle lachen müssen.

Frau Häuser mischt sich ein. »Ich finde es eigentlich normal«, sagt sie, »dass eine Schülerin, die gerade neu in die Klasse gekommen ist, nicht von der Klassenfahrt ausgeschlossen wird.«

»Find ich auch!«, schreit Ibo, und Frau Häuser ist genauso erstaunt wie wir darüber, dass Ibo einmal im Leben dieselbe Meinung hat wie sie.

»Dann stimmen wir halt ab«, schlägt Marvin vor, der Klassensprecher ist.

Frau Häuser sieht ihn zweifelnd an. Alter, hat sie echt erwartet, dass wir einstimmig Ja schreien?! So blauäugig kann echt nur Frau Häuser sein.

»Okay«, sagt sie, »dann stimmt ab. Ich hatte zwar gehofft, dass ihr von euch aus … aber gut. Wer ist für Mecklenburg-Vorpommern?«

Ich sehe mich um. Komisch, aber ungefähr die halbe Klasse meldet sich. Unter anderem ich, weil nämlich auch Marie ihren Arm in die Luft streckt.

Gleich darauf bereue ich es. Was will ich in Mecklenburg-Vorpommern? Meine Tante wohnt in der *Hauptstadt* von Mecklenburg-Vorpommern und ich bin jede zweite Ferien dort. In den Niederlanden war ich im Gegensatz dazu noch nie.

»Spinnst du, Alter?«, sagt Hamza.

»… elf, zwölf, dreizehn!«, zählt Frau Häuser mit einem schlecht versteckten Siegerlächeln. Mecklenburg-Vorpommern hat mit einer Stimme Mehrheit gewonnen. Und natürlich sind die anderen stinksauer.

»Ich denke, das ist die richtige Entscheidung«, sagt Frau Häuser. »Wenn ihr selbst mal in so einer Situation seid, werdet ihr es zu schätzen wissen, wenn andere auf euch Rücksicht nehmen.«

»Pf, ich hab mein deutschen Pass«, sagt Theo wütend, und da wird Frau Häuser richtig ärgerlich. »Das war so ungefähr das Unpassendste, was man jetzt sagen konnte, Theo.«

Es klingelt. Manche stürmen nach vorn und reden auf Frau Häuser ein, aber Hamza und ich nehmen unsere Rucksäcke und verschwinden. Ist sowieso klar, dass die Sache entschieden ist.

»Was sollte *das* denn?!?«, sagt Hamza, als wir im Flur sind und der Tumult leiser wird. »Wieso hast du nicht für Holland gestimmt?! Ein *See*, Alter. Statt Ausflug nach *Amsterdam*. Manchmal bist du echt derbe bekloppt, Nelson.«

2

NELSON

In der ersten Stunde sollen wir unseren neuen Klassenlehrer kennenlernen, der kommt, weil Frau Häuser seit letzter Woche in Mutterschutz ist. Alle sind gespannt und deswegen ziemlich leise, als es klingelt und wir darauf warten, dass er auftaucht.

»Mal sehen, ob der auch Filme mit uns guckt«, sage ich zu Hamza. Dabei schaue ich unauffällig in die Richtung, in der ich Maries blonde Haare sehe.

Ein dünner Mann steckt den Kopf zur Tür herein. »9b?«

»Yes!«, brüllt Tolga zur Antwort. »In anderen Worten: Die geilste Klasse der Welt!«

Der neue Lehrer sagt nichts, sondern zieht die Tür hinter sich zu und stakst stumm zum Lehrertisch. Klack – klack – klack, macht es. Ein paar von uns kichern. Zu seinem Anzug trägt der Lehrer glänzende flache Lederschuhe, und diese Schuhe sind es, die bei jedem Schritt so klicken und klacken wie Frauenschuhe mit hohen Absätzen. Der Lehrer stellt seine Sachen ab und sich selbst – klack – klack – klack – vor die Tafel. Inzwischen hat es jeder gemerkt und die halbe Klasse kichert. Dann sagt der Lehrer stockend, dass er Zimmermann heißt. Und dass wir bitte Namensschilder schreiben sollen. Als wir alle ein Namensschild geschrieben haben, fragt er, ob wir Fragen haben.

Drei, vier Hände gehen hoch. Er nimmt Ibo dran.

»Was hören Sie für Musik?«

Ein paar lachen.

»Haydn, Brahms … Wagner auch«, sagt Herr Zimmermann und knetet seine Finger.

Nie gehört.

Duygu, die Nervensäge, zappelt mit den Fingern in der Luft herum und stellt eine typische Mädchenfrage: »Haben Sie eine Freundin?«

Duygus Frage scheint Herrn Zimmermann noch unangenehmer zu sein als die von Ibo. »Im Moment nicht … keine Fragen mehr?«

Es bleibt leise.

»Well, let's start with English then«, sagt Herr Zimmermann, und wir sind uns jetzt schon einig: Der Typ ist eine Schlaftablette und das Interessanteste an ihm sind seine Schuhe.

Ich spiele mit Hamza »Drei gewinnt«, bis unser neuer Lehrer es mitkriegt und den Zettel in den Mülleimer schmeißt. Fünf Minuten höre ich zu, aber es ist derbe langweilig, und als von Julius eine Papierkugel geflogen kommt, bin ich extrem dankbar. Ich schmeiße die Papierkugel Ibo in den Nacken, und als der sich umdreht, gucke ich interessiert an ihm vorbei zur Tafel. Ibo knüllt sein Namensschild zusammen und zielt auf Hamza, aber trifft nicht, der Loser. Er tut aber so, als wäre das Absicht gewesen. Als er wieder an die Tafel schaut, werfe ich ihm mein Namensschild in den Nacken. Diesmal merkt er, dass ich es war.

»Ey, Nelson, du Wichser!« Jetzt trifft er sogar fast.

»Ähm …«, ruft Herr Zimmermann in Ibos Richtung, »wie heißt du?«

Ibo lehnt sich mit verschränkten Armen zurück. »Für Sie Ibrahim.«

»Nach der Stunde fegst du, Ibrahim!«

Das hätte Herr Zimmermann wohl besser nicht sagen sollen.

Die meisten Lehrer kommen mit Ibo inzwischen ganz gut klar – solange er nicht wütend ist.

Aber Ibo wird ziemlich schnell wütend. Besonders dann, wenn er sich ungerecht behandelt fühlt. Und Ibo fühlt sich besonders ungerecht behandelt, wenn jemand so was zu ihm sagt wie: ›Du fegst.‹

Er springt auf. Sein Gesicht ist dunkelrot. »Was, wieso ich, Mann? Mach ich nich, Mann, mach ich nich! Die anderen haben auch geworfen, ich hab nur zurückgeworfen! Das is unfair, ich feg nich, mach ich nich!«

Ich könnte mich jetzt melden und sagen, dass ich ihn zuerst abgeworfen habe. Aber wieso sollte ich den Kopf für *Ibo* hinhalten?

Herr Zimmermanns Stimme wird lauter. »Und ob du fegst! Hör auf zu diskutieren! Setz dich wieder hin, wir sind hier im Unterricht!«

Ibo fuchtelt mit den Armen in der Luft herum. »Die anderen haben auch geworfen! Die haben noch viel mehr geworfen! Können Sie zehnmal sagen, dass ich fege, mach ich trotzdem nich! Das regt auf, Mann! Ungerecht ist das, Mann!«

Herr Zimmermanns Gesicht ist jetzt fast so rot wie Ibos. »Wo sind wir denn hier?! Das ist doch kein Kindergarten!«

»Genau!«, schreit Ibo. »Und deswegen können Sie mir gar nichts befehlen, Sie Schwuchtel!«

Es ist superleise, nur Duygu prustet los.

Ich melde mich, aber keiner nimmt mich dran, weil Herr Zimmermann immer noch fassungslos Ibo anstarrt.

»Ich hab zuerst geworfen«, sage ich trotzdem und nehme den Arm runter. »Ich feg dann.«

»Hier?!«, ruft Ibo. »Sehen Sie? Sehen Sie, wie ungerecht Sie sind, Mann?! Das lass ich mir nicht gefallen!«

Herr Zimmermann weiß immer noch nicht, was er sagen soll. Er ist jetzt nicht mehr rot, sondern bleich.

»Du bleibst nach der Stunde da, Ibrahim!«, ruft er. »Ich lasse mich hier nicht beleidigen, in der ersten Stunde!«

»Mir doch egal!«, schreit Ibo, und dann klingelt es und Ibo schießt aus der Tür und die anderen hinterher.

Nach der Schule chillen Hamza und ich noch ein bisschen auf dem Spielplatz.

»Du fegst!«, ruft Hamza mit zittriger Stimme und weit aufgerissenen Augen. Ich lasse mich vor Lachen rückwärts von dem abgewetzten Rücken des Krokodils fallen. Dann springe ich auf und rufe: »Was hören Sie für Musik?«

Ich gebe mir selber die Antwort, mit der langweiligsten Stimme, die ich hinkriege: »Ach … Heiner und Prams.« Dann mache ich Duygus Stimme nach: »Haben Sie eine Freundin?«

Die Antwort versuche ich irgendwie tuntig klingen zu lassen: »Im Moment nicht. Ich stehe nämlich nicht auf –«

»Aber sobald eine beim Date nicht einschläft«, fällt Hamza mir ins Wort, »frag ich sie. Bisher sind alle eingeschlafen, aber – ich –«, er reißt den Mund auf und gähnt laut, »gebe – die – Hoffnung –«, er macht perfekt die Körperhaltung von Herrn Zimmermann nach, »nicht – auf.« Er fängt an zu schnarchen, und schwankt hin und her, als ob er im Stehen eingeschlafen ist. Ich muss so hart lachen, dass mir der Bauch wehtut. Mir fallen die Schuhe von dem Typen ein, und mit der Zunge produziere ich ein Klacken, das diese Schwuchtellederlatschen ziemlich genau imitiert, und stolziere dabei um die Tischtennisplatte. Dann ruft Hamzas Mutter an und sagt, dass das Essen fertig ist.

Ich habe auch Hunger, also gehe ich zum Supermarkt und hole mir eine Pizza und eine große Packung Eis.

Es ist die zweite Woche ohne Mama, und obwohl ich normalerweise, wenn sie da ist, auch nicht unbedingt extrem viel Zeit mit ihr verbringe, ist es mittlerweile ziemlich deprimierend. Die Wohnung fühlt sich so leer an, und egal, wie laut ich Musik aufdrehe, irgendwie wird es nicht lebendiger. Wenn Mama in der Klinik ist, hab ich immer einfach nur Angst, dass es so bleibt. Dass die schlimme Phase nicht vorbeigeht und sie für den Rest ihres Lebens traurig sein wird.

Ich nehme das Foto in die Hand, das auf meinem Schreibtisch steht. Mein Vater und ich. Er hat den Arm um mich gelegt und wir lachen. Elf Jahre war ich da alt.

Ich hole das Bild aus dem Rahmen und lese zum hunderttausendsten Mal die Schrift auf der Rückseite. *Mit meinem Nelson im Hansapark.*

Vorsichtig stecke ich das Bild zurück und bastle den Rahmen wieder zusammen.

Hunger habe ich keinen mehr.

Stattdessen lege ich mich aufs Bett. Und dann kommt einer dieser elenden Vermiss-Anfälle.

Ja, ich weiß, was alle denken. Ich kenne die Klischees über afrikanische Männer. Hier mit einer deutschen Frau anbändeln, sie schwängern, sie sitzen lassen.

Aber mein Vater hat meine Mutter nicht sitzen gelassen. Mein Vater hat meine Mutter geliebt. Vor zwei Jahren ist er gestorben, und er fehlt mir ohne Ende.

Ich nehme einen Zettel und versuche, einen Rap zu schreiben. Manchmal hilft das, wenn ich meinen Vater besonders stark vermisse. Die ganze Wut, der ganze Schmerz, wenn die auf dem Papier sind, ist für eine kleine Weile ein bisschen weniger davon in mir drin.

Aber heute kriege ich keine zwei Zeilen zustande. Ich gebe auf, lege meinen Kopf auf den Zettel, presse die Augen zusammen und versuche, an gar nichts zu denken.

Erst als es anfängt, komisch zu riechen, bemerke ich den Rauch, der vom Flur in mein Zimmer wabert. Die Pizza! Der Ofen qualmt wie ein Wagen zwischen Unfall und Explosion. Als ich die schwarzverkohlte Pizza herausangle, verbrenne ich mir die Hand.

Fuck, das war's wohl mit Abendessen.

Macht nichts. Ich habe ja noch eine Drei-Liter-Packung Eis.

Nach dem Essen schalte ich den Computer an und spiele ein bisschen »Grand Theft Auto«. Ich bin ziemlich gut, und ich nehme mir vor, heute das letzte Level zu knacken.

Gegen dreiundzwanzig Uhr habe ich es geschafft. Das größte Problem ist, den Fluchtweg zu finden, wenn man nach dem Banküberfall die Scharfschützen vom FBI umgelegt hat. Ich muss ganz schön lange probieren, aber irgendwann habe ich den Trick durchschaut.

Ich bin einfach nur stolz und zufrieden mit mir.

Ich hole den Rest der Eispackung aus dem Gefrierfach und mache es mir vor dem Fernseher gemütlich. Das hab ich mir jetzt echt verdient.

3

MARIE

»Marie!! Aufstehen! Sonst kommst du zu spät!«

Ich drehe mich zur Wand.

»Mach schon, Marie!« Die Ungeduld in der Stimme meiner Mutter nimmt zu, und schließlich schäle ich mich resigniert aus der Decke. Ach ja. Jeden Morgen dasselbe.

Gülcan wartet schon, als ich aus der Haustür komme. »Hallo, Marie!!«, quietscht sie freudig, und wie immer umarmen wir uns fest und lange. Hätte ich in meiner neuen Klasse nicht Gülcan kennengelernt, dann wäre mein Leben komplett unerträglich.

»Alles klar?«, frage ich, denn irgendwie sieht sie bleich aus.

»Wir schreiben heute Mathearbeit«, seufzt Gülcan.

Man könnte meinen, das würde ihren sicheren Tod bedeuten. Mit Grabesstimme fährt sie fort: »Ich und Mathe, das ist wie Tolga und Hochsprung.«

»Ha ha! Oder wie Ibo und Fegen.«

»Wie Herr Zimmermann und cool.«

Wir biegen in den kleinen Weg durch die Grünanlage ein, die sich vor unserem Schulgebäude befindet, und stoßen auf Alex und Julius.

»Na, Streberin?«, sagt Julius beiläufig, als er mich sieht.

Ich versuche, darüber hinwegzuhören. Wie genau habe ich das eigentlich hingekriegt, in meiner neuen Klasse innerhalb kürzester Zeit zur Zielscheibe des Spotts zu werden?

Ibo und Tolga tauchen auf. »Hey, die Streberin!«, sagt Ibo grinsend. »Englisch macht dieser Einschleimerin jetzt bestimmt richtig Spaß, endlich ein Lehrer, der genauso langweilig ist wie sie selbst.«

Gülcan zieht mich ins Schulhaus und zum Klassenzimmer. Die Jungs laufen in einigem Abstand hinter uns her. »Streberin, Streberin«, kommt ein heiserer Singsang aus Ibos Kehle. Mit brennendem Kopf stelle ich meine Tasche ab und setze mich auf meinen Platz. Warum musste ich ausgerechnet auf diesem Planeten geboren werden? Wiegt die sauerstoffangereicherte Atmosphäre Mitschüler wie Julius und Ibo auf?!

Ich komme gerade aus dem Bad, als meine Mutter von der Arbeit kommt, sodass wir uns im Flur begegnen. Seit meine Eltern sich vor einem halben Jahr getrennt haben, ist unser Verhältnis, gelinde gesagt, gespannt.

»Hallo Marie!«, sie gibt mir einen Kuss auf die Wange. »Wie ist das eigentlich mit deiner Klassenfahrt?«, flötet sie, während sie sich die Schuhe auszieht.

»Welche Klassenfahrt? Habe ich jemals irgendetwas von irgendeiner Klassenfahrt gesagt?«

Sie richtet sich auf und schaut auf den Infozettel, der an der Pinnwand hängt. »Das ist doch bald so weit – am neunzehnten Mai soll's losgehen, in drei Wochen schon!«

»Ich fahre da ganz bestimmt nicht mit.«

Meine Mutter schaut mich an, als hätte ich einen geschmacklosen Witz gemacht. »Was ist denn das jetzt schon wieder?«

»Ein deutscher Aussagesatz, und die Aussage ist, dass ich nicht auf irgendeine Klassenfahrt fahre.«

Vielleicht würde eine andere Mutter fragen, warum ich nicht mitfahren werde. Aber meine Mutter ist keine andere Mutter.

Meine Mutter sieht mich genervt an. »Immer deine Aktionen!« Sie lässt ihre Tasche fallen und geht in die Küche. Ich höre, wie sie herumhantiert und die Mikrowelle zuklappt.

Und jetzt fragt sie doch: »Gibt es dafür irgendeinen Grund?«, ruft sie mir aus der Küche zu. Der Tonfall impliziert, dass es für die Dinge, die ihre Tochter tut, nie einen Grund gibt. Die Frage ist rein rhetorisch.

Was soll ich sagen – in meiner neuen Klasse bin ich nur als Streberin bekannt? Die Jungs verachten mich, die meisten Mädchen halten Abstand? Und das Schlimmste – ich bin hoffnungslos verliebt in jemanden, der um Welten zu cool für mich ist?

Bin nicht sicher, dass meine Mutter dafür Verständnis hätte.

Ich habe einen Moment zu lange gewartet.

Die Mikrowelle piept, meine Mutter öffnet sie, und das Zeitfenster für »Mit meiner Tochter über ihre Probleme reden« schließt sich.

»Du fährst mit, und Punkt. Thomas und ich wollen schließlich auch mal Zeit für uns haben.«

4

NELSON

»Nelson! Mein lieber Junge«, sagt Mama, als sie aus dem Fahrstuhl tritt und mich in der offenen Wohnungstür stehen sieht.

Ich lege meine Arme um ihren Hals und drücke meine Wange in ihre wunderschönen, hellroten, langen Haare. Das Haar riecht nach Klinik. Bei Gott, wie ich diesen Geruch nicht ausstehen kann. Und Mama ist noch viel blasser als sonst – ich hab keine Ahnung, mit was für Zeugs die sie da vollstopfen.

Hinter ihr kommt unser Nachbar Herr Yilmaz aus dem Fahrstuhl. Er hat sie mit dem Auto abgeholt und stellt jetzt Mamas Tasche in den Flur.

Mama nimmt mit beiden Händen seine Hand. »Vielen, vielen Dank!«

»Keine Ursache«, sagt er, und zu mir: »Gut aufpassen auf dein Mutter, Nelson! Keine Ärger machen!«

Ich nicke. *Klar*, Mann. Ich mache *nie* Ärger.

Mama drückt mich noch einmal. »Wie schön, wieder zu Hause zu sein! Hast du alles gut geschafft?«

»Klar, Mama. Um mich brauchst du dir nun wirklich keine Sorgen zu machen!«

Sie ist total glücklich, als sie die ordentliche Wohnung sieht. Gut, dass ich noch geschafft habe, aufzuräumen.

Wir setzen uns auf die Couch und ich hole die Pizza aus dem Ofen. Mamas Lieblingspizza, mit Thunfisch.

Mama seufzt. »Ich wette, du hast dich die ganze Zeit nur von Pizza ernährt.«

»Na ja … nicht die *ganze* Zeit.«

Sie nimmt sich eine Ecke. »Wie läuft's in der Schule?«

»Ganz gut.«

Ich behalte für mich, dass ich gar nicht so oft dort war. Alles muss sie auch nicht wissen.

»Wir haben einen neuen Klassenlehrer. Und Englischlehrer ist er auch. Junge, ist der langweilig.«

»Aber Englisch ist wichtig«, sagt Mama kauend. Ich freue mich derbe, dass sie die Pizza zu mögen scheint.

»Ich weiß. Aber langweilig ist der ohne Ende.«

»Bestimmt kann man trotzdem was lernen.«

»Hm.«

»Ohne Englisch bekommt man heutzutage keine gute Arbeit mehr.«

»Englisch ist mein bestes Fach, da musst du dir echt keine Sorgen machen, Mama!«

»Ja, aber pass auf, dass es auch dein bestes Fach bleibt.«

Was hat sie denn nur mit dem blöden Englisch? Ich suche nach einem anderen Thema.

»In zehn Tagen fahren wir schon auf Klassenfahrt! Ich kann's echt gar nicht mehr aushalten. Ich freu mich derbe, Mama.«

»Ja, ich freue mich auch für dich, Nelson. Fährt da euer neuer Klassenlehrer mit?«

»Äh – ja. Also, wahrscheinlich.« Außer, wir ekeln ihn vorher wieder raus. Aber das sage ich natürlich nicht.

»Bestimmt ist er ganz nett. Er muss sich halt erst eingewöhnen. Das wird schon.«

»Mama, der ist voll die Schwuchtel!«, sage ich, bevor ich drüber nachgedacht habe.

»Nelson!«, sagt sie in diesem Ton, den ich einfach nicht haben kann. »Ich will nicht, dass du so von deinen Lehrern sprichst!«

»Mann, Mama, red doch nicht mit mir wie mit einem kleinen Kind!«

»Dann benimm dich nicht wie eins!«

»Waaas?! Weil ich ›Schwuchtel‹ sage?? *Jeder* sagt ›Schwuchtel‹!«

Ich bin beleidigt.

Sie schweigt und ist auch beleidigt.

Super. Sie ist nicht mal eine halbe Stunde da, und schon haben wir Krach.

Ich greife nach der Fernbedienung und schalte den Fernseher ein.

Es beginnt gerade ein Film. Amerikanische Sklaven schuften auf einer Plantage.

Mama nimmt die Fernbedienung und will umschalten.

»Lass doch mal!«, sage ich. »Das ist *Der Butler*, das ist ein guter Film! Den hat uns sogar Frau Häuser mal empfohlen!«

Mama legt die Fernbedienung wieder hin, und sicherheitshalber lege ich die Hand darauf. Ich bin vielleicht fünfzehn und sie fünfunddreißig, aber, wenn ich auch nicht reden darf wie ich will in meinem eigenen Zuhause, so steht mir doch zumindest beim Fernsehprogramm dasselbe Mitspracherecht zu!

Auf dem Bildschirm erscheint der weiße Plantagenbesitzer. Er zieht eine Frau von der Plantage in einen Schuppen neben dem Feld. Man sieht nur ihren Rücken und den gesenkten Kopf, als er sie fortzieht.

Man weiß, was in dem Schuppen jetzt gerade passiert. Ich spüre den Hass wie Feuer in meinem Bauch.

»Gott, Nelson, mach das aus!«

»Es interessiert mich aber!«

Man hört die Frau schreien.

Mama reißt mir die Fernbedienung aus der Hand.

Sie schaltet in dem Moment um, als der Schuss knallen müsste, mit dem der Plantagenbesitzer einen Arbeiter umlegt.

In meinem Bauch rumort es. Hass und Zorn.

Und meine Mutter kriegt es ab.

»Mann! Kann man nicht *einmal* was Interessantes gucken? Immer nur Tierbabys und Quizze und Comedy!! So ist die Welt aber nicht! So ist sie nun mal nicht!«

Mama sagt nichts. Sie nimmt eine Zeitschrift vom Couchtisch und versteckt sich dahinter.

Ich schnappe meine Jacke und gehe zu Hamza.

Als ich später im Bett liege, habe ich ein schlechtes Gewissen. Dass meine Mutter Gewalt nicht erträgt, das weiß ich eigentlich sehr genau.

Aber warum muss sie auch so eine Pussy sein?!

Mein Vater hätte den Film mit mir geguckt, definitiv.

Dabei wäre er viel mehr betroffen, ha ha. Persönlich betroffen nämlich.

Wie auch ich.

Scheißvorstellung, dass ich ein Sklave gewesen wäre, und Julius und Alex und Theo und so wären fette reiche Plantagenbesitzer gewesen.

Keine Ahnung, was Hamza und Tolga und Karim gewesen wären. So richtig weiß sind die ja auch nicht. Ich glaube, Türken und Araber gab's damals gar nicht in Amerika.

Der einzige *black man* bei uns bin ich. Nicht an der Schule, in der Klasse aber schon.

Inzwischen haben alle Respekt vor mir. Aber das war nicht immer so. In der Fünften war das ganz, ganz anders.

Ich denke selten daran. Die fünfte Klasse war die zweitschlimmste Zeit meines Lebens, und ich habe keinen Bock, mich immer und immer wieder daran zu erinnern. Die ganzen Assis sind jetzt meine Freunde, und dumme Sprüche oder so höre ich nicht. Schon lange nicht mehr.

Ich weiß nicht, ob sie mich damals wirklich wegen meiner Hautfarbe rausgepickt hatten. Oder weil ich einfach den richtigen Moment verpasst hatte, mich mit Ibo anzufreunden. Papa war da schon krank, und ich war eine kleine Heulsuse. Die in der Ecke stand, während die anderen Jungs sich gefetzt haben. Bis es jemand mitgekriegt hat.

Wie ein Film laufen Szenen ab in meinem Gehirn. Ich will ausschalten, aber irgendwie finde ich die Fernbedienung nicht.

Ibo und Oliver – die beiden Fiesesten. Julius, Tolga, Alex und ein paar Mädchen sind auch dabei. Wie sie so tun, als ob meine Hautfarbe eine ansteckende Krankheit wäre. Wie sie mein Schulbrot zertrampeln und den Orangensaft aus meiner Trinkflasche über meinen Kopf schütten.

Bis zu dem Tag, an dem Hamza Oliver die Vorderzähne ausgeschlagen hat. Nach der Schule, auf dem Nachhauseweg war das. Ich hatte es nicht immer geschafft, nach Hause zu kommen, bevor die anderen mich eingeholt hatten, und das war so ein Tag. Sie hatten mich eingeholt, und Ibo hatte einen Hundehaufen auf dem Fußweg entdeckt und Oliver hat … egal. Ich will nicht daran denken.

Aber wie Hamza Oliver hochgerissen hat, daran denke ich gerne. Ein Schlag, und weg waren sie, die Vorderzähne.

Hamza hatte mich nie mitgeärgert. Okay, er hatte mich auch nicht direkt unterstützt, am Anfang jedenfalls nicht. Aber je mehr er respektiert wurde, desto öfter setzte er sich für mich ein. Wobei, dass er Oliver die Zähne rausschlägt, das hatte wohl keiner erwartet. Er selbst, glaube ich, auch nicht.

Er wäre beinahe von der Schule geflogen deswegen. Ist dann aber nicht passiert. Dafür wurde Oliver von seinen Eltern von der Schule genommen. Zu viel Gewalt.

Nach den Vorderzähnen war es vorbei. Danach hat mich keiner mehr angegriffen oder beschimpft.

Und mittlerweile ist jeder froh, wenn er mit mir befreundet sein kann. Jeder. Hamza ist unbestritten Boss, aber direkt danach komme ich. Auf jeden Fall vor Alex, und vor Ibo sowieso. Ibo wird zwar respektiert, aber eher so gezwungenermaßen. Weil er so krass ausrasten kann. Das hat mit echter Ehre nichts zu tun.

Keine Ahnung, was geworden wäre ohne Hamza. Seitdem sind wir Brüder.

Ich würde ihn nie verraten, niemals.

Er war auch mit auf Papas Beerdigung.

Irgendwie mochte er mich von Anfang an. Ich weiß noch, wie wir am ersten oder zweiten Tag an unserer Schule, ganz am Anfang der fünften Klasse, so lange nach dem Unterricht auf dem Schulhof Fußball gespielt haben, bis der Hausmeister uns nach Hause geschickt hat. Nur zu zweit, und es hat derbe Spaß gemacht. Ich weiß noch, wie ich dachte, dass das echt 'ne coole neue Schule ist.

Da wusste ich ja noch nicht, was Ibo und Oliver sich so für »Spiele« ausdenken würden.

Egal. Ist lange her.

Ich drehe mich auf die andere Seite und denke ein bisschen an Marie. Das ist auf jeden Fall ein viel, viel schöneres Thema als irgendwelche Filme über Sklaverei.

5

MARIE

Es gibt Tage, an denen ich meine neue Klasse sogar ganz gerne habe.

Heute ist so ein Tag.

Wir haben auf dem Sportplatz Zweifelderball gespielt, und – unglaublich, aber wahr – die meisten Spieler der gegnerischen Mannschaft wurden von Marie Stadler, in anderen Worten, meiner Wenigkeit, ins Aus befördert, und das, obwohl Sport normalerweise nicht gerade meine Stärke ist! Ich bin richtig high, als wir verschwitzt und lärmend im Umkleideraum sitzen.

»Mann, Marie, und das mit links!«, quietscht Djamila.

»Und du sagst immer, du bist nicht gut in Sport!«, meint Gülcan mit leisem Vorwurf.

Bescheiden lasse ich mich ein wenig feiern.

Zu Hause werfe ich mich aufs Bett und rufe mir Nelsons anerkennendes Lächeln in Erinnerung, mit dem er mich während des Spiels bedachte.

Ganz ehrlich, so schlecht ist meine Klasse nun auch wieder nicht. Sie ist sogar um einiges besser als meine alte Klasse auf der Privatschule, auf der ich bis vor Kurzem war. Dort ist es normal, vom Chauffeur in der Limousine zur Schule gefahren zu werden, und bei einer Vier kommt Papas Anwalt vorbei. Türkische oder schwarze Mitschüler hatte ich dort nicht. Dementsprechend langweilig sehen die Klassenfotos aus: Lauter Mädchen mit langen blonden Haaren in Designerklamotten, und Jungs mit Haarschnitten für siebzig Euro.

Wäre ich auf dieser Schule geblieben, hätte ich nie meine beste Freundin gefunden.

Und ich hätte nie Nelson kennengelernt.

Ich drehe mich auf den Rücken und starre an die Decke. Und überlege, ob es wirklich gut für mich gewesen ist, Nelson kennengelernt zu haben. Mein Seelenfrieden ist seitdem jedenfalls dahin.

Es gibt Tage, an denen ich meine neue Klasse hasse wie die Pest. Eben war noch alles wie immer. Ich stand bei Herrn Zimmermann am Lehrertisch, weil ich noch eine Frage zur Hausaufgabe hatte, vor mir Barin, die gleichzeitig mit mir in die Klasse gekommen ist. Sie wollte auch etwas mit ihm besprechen, und zufällig hörte ich, was es war. »Ich nicht auf Klassenfahrt kommen kann«, flüsterte sie.

Und Herr Zimmermann, trottelig, wie er ist, wiederholte den Satz erst mal schön langsam und laut. »Du kannst nicht mit auf Klassenfahrt kommen? Aber Barin, weshalb? Habt ihr nicht extra das Reiseziel geändert, damit du mitkannst?«

Bäm. Genauso gut hätte er ein Wespennest in die Klasse werfen können. Alle, die in der Nähe standen, waren bereits hellhörig geworden, und Barin rot. In ihren Augen sammelten sich Tränen. »Mein Vater erlaubt nicht«, stammelte sie.

Und da ging es los.

»Wie bitte?! Wir fahren wegen ihr nicht nach Holland, und jetzt kann sie nicht mitkommen?!!!«

»Und das sagt die *jetzt?*«

»Wegen der bekloppten Kröte fahren wir an einen *See!!* Alter, statt *Amsterdam*! Das kotzt mich so hart an, echt jetzt!«

Während die Aufregung immer größer wird, schleicht Barin an ihren Platz und versteckt das Gesicht in den Armen.

»Wusste ich gleich, dass das 'ne Scheißidee war!«

»Du hast doch auch dafür gestimmt!«

»Lüg nicht, hab ich nicht!«

Herr Zimmermann hat nicht die leiseste Ahnung, was er machen soll, und das Geschrei und Geschimpfe wird immer schriller. Nur Karim kreischt vor Lachen. »Immer Frau Häuser mit ihren tollen Ideen!«, schreit er und schnappt nach Luft. »Und ihr fallt noch drauf rein! Ihr habt *so* kein Rückgrat, Leute! Ha ha, geschieht euch ganz recht!«

Und in all dem sitzt Barin und weint.

Ich muss den ganzen Tag noch daran denken.

»Voll doof für Barin«, sagt Gülcan. »Jetzt wird sie von der ganzen Klasse gehasst, und auf die Reise darf sie auch nicht. Sie tut mir richtig leid.«

In den nächsten Tagen ist Barin ziemlich allein. Gülcan und ich versuchen zweimal, sie ins Gespräch zu ziehen, aber sie sagt nicht viel und schaut hauptsächlich auf den Boden. Immerhin beruhigen sich die anderen irgendwann und hören auf, pausenlos über sie und Frau Häuser und Mecklenburg-Vorpommern zu meckern. Hauptsache, für eine Woche keine Schule, das ist nach einer Weile die allgemein vorherrschende Meinung.

6

NELSON

Freitagabend, *endlich*, Digga. Ich werde nie verstehen, warum eine Schulwoche länger ist als ein Monat Sommerferien.

Hamza lehnt im Türrahmen, cool gestylt, und guckt zu, wie ich auf der Suche nach meinem neuen T-Shirt im Schrank wühle. Hamza sieht einfach *zu* gut aus – schwarze Haare, extrem weiße und gerade Zähne, und dunkle Augen, die so glühen. Also, nicht meine persönliche Meinung, bin ja nicht schwul oder so. Aber man kriegt ja schon mit, wie einer so bei Frauen ankommt.

»Wie viel Jahre dauert's noch, Digga?«, fragt er, dabei hab ich das T-Shirt schon gefunden und angezogen und schnappe meine Jacke, jetzt müssen wir nur noch Mamas Ermahnungen hinter uns bringen. Schon nach dem ersten halben Satz ihrer kleinen Rede zum Thema Alkohol falle ich ihr ins Wort. »Mama! Hamza trinkt überhaupt nicht! Ich trinke ja auch nicht, aber Hamza *probiert* nicht mal! Meinst du, da werde ich mich mit Alkohol zudröhnen, wenn wir zusammen unterwegs sind?!«

Dass Hamza, weil er Moslem ist, noch nie auch nur einen Schluck Bier getrunken hat, das habe ich ihr schon hundertmal gesagt.

»Du hältst mich echt für einen schlechten Freund, Mama!« Ich bin sogar ein bisschen sauer.

Hamza grinst. Er weiß genauso gut wie ich, wie sich die Fortsetzung anhört.

»Nelson.« Mama legt eine Hand auf meine Schulter und sieht mir fest in die Augen. »Nelson. Und keine Drogen. *Keine.* Versprochen??«

»Klar, Mama. Versprochen.«

Endlich wünscht sie uns viel Spaß und lässt uns gehen.

In dem schmierigen Fahrstuhlspiegel gucke ich, wie ich von der Seite aussehe.

Hamza boxt mich in den Rücken. »Schwul, oder was?!?«

Normalerweise hau ich Leuten erst mal eine rein bei solchen Sprüchen.

Aber Hamza darf, was andere nicht dürfen. Zwischen Brüdern ist auch so ein Spruch mal erlaubt.

Wir gehen ins *CRUSH*, unseren Lieblingsclub auf Sankt Pauli. Im Gegensatz zu mir ist Hamza schon sechzehn, und vom Aussehen her würde man ihn eher auf siebzehn schätzen. Deswegen machen die beiden Typen am Eingang eigentlich nie Stress. Sie kennen uns schon. Der eine begrüßt uns mit Handschlag. »Was geht?«

»Läuft. Alter, geht ja ganz schön ab hier.« Hamza macht eine Kopfbewegung in den leeren Club hinein.

»Das wird noch. Viel Spaß.«

Wir schlendern durch den schwarz lackierten Gang ins Halbdunkel. Erst spielt der DJ sich rauf und runter durch die Charts, aber gegen ein Uhr macht der Hip-Hop-Floor auf, und dann ist es auf einmal richtig voll. Mitten im Gedränge tanzen Hamza und ich. Die Musik ist gut.

Es sind auch viele Mädchen da heute. Eine mit ganz langen braunen Haaren fällt mir auf. Aber sie hat einen Typen dabei.

Schade.

Irgendwann will Hamza rauchen, also gehen wir nach draußen. Ich rauche ja nicht. Da bleibe ich hart. Mein Papa ist an

Krebs gestorben, den Scheiß muss ich mir nicht antun. Und wenn Hamza mich aus Spaß auch auslacht, in Wahrheit akzeptiert er es und findet es sogar gut.

»Wie fandst du die mit den langen braunen Haaren?«, frage ich Hamza, als wir vor dem Club stehen und die schrägen Typen beobachten, die um diese Zeit auf Sankt Pauli unterwegs sind.

»Die in dem silbernen Top?«

»Ja genau. Die.«

Hamza grinst. »Ich dachte, du stehst auf blond, Digga!«

Ich fühle mich ertappt. »Und?«, sage ich dann lässig. »Vielleicht ist sie 'ne Streberin, aber sie ist auch echt süß irgendwie.« Und dann frage ich das, was mich schon seit einer ganzen Weile interessiert: »Wie findest *du* sie denn?«

»Marie?« Hamza grinst wieder. »Musst dir keine Sorgen machen, Nelson. Ich steh nich auf Streberinnen.«

Ich bin nicht sicher, ob mich das wirklich beruhigen soll! Wenn es ein Junge aus der Klasse mit Marie aufnehmen könnte, also, vom Schlausein her, dann fällt mir eigentlich nur Hamza ein. O. k., Akif ist auch schlau. Aber Akif ist so schlau, dass ihm in der Schule die ganze Zeit nur langweilig ist, und davon ist er gleich selber langweilig geworden. Hamza ist zwar schlau, aber er weiß jetzt nicht *alles*, sodass man wie bei Akif Angst hat, sich überhaupt mit ihm zu unterhalten. Und es ist auch nicht so, dass Hamza ständig damit angibt. Und – was noch viel wichtiger ist –, kaum einer wird so respektiert wie Hamza. Darauf stehen doch Frauen!

»Du sagst das doch jetzt nur so, oder, dass du nicht auf Streberinnen stehst?! Du hast doch selber mal gesagt, dass dich nervt, wenn Mädchen sich nur für Make-up interessieren! Marie wäre doch genau das Richtige für dich, oder?!?«

Hamza grinst, als ob er die Situation superlustig findet. Es macht mich fast aggressiv, dass er sich so amüsiert!

Aber bevor ich noch mehr sagen kann, hören wir eine Mädchenstimme kreischen. Das Mädchen mit den langen braunen Haaren und dem silbernen Top kommt aus dem Club gestolpert, daneben ihr Typ. Er hält sie am Oberarm fest und brüllt sie an.

»Scheiße, was geht *hier* ab?«, sagt Hamza.

Der Typ lässt den Arm des Mädchens los und schlägt ihr kurz und hart ins Gesicht. Sie schreit auf und versucht, ihn zurückzuschlagen. Er fängt ihren Arm ab, schubst sie gegen die Hauswand, spuckt auf die Straße, steigt in seine Scheißkarre und fährt davon.

Zwei, drei Besoffene stehen glotzend drum herum.

Das Mädchen lehnt laut heulend an der Wand.

Ich gehe hin.

»Hey«, sage ich, »der is weg …«

Ich rieche ihr Parfüm. Der süße Geruch mischt sich mit dem Gestank von Pisse zwischen Hauswand und Bürgersteig.

»Du brauchst keine Angst mehr haben … Das Arschloch is weg …«

Sie hebt ihr mit Make-up verschmiertes rot geweintes Gesicht und heult weiter.

»Der kommt nicht wieder …«

Heulen und Schniefen.

»Hat er dir sonst noch was getan …?«

Mit Mühe kann ich sie verstehen.

»Schlüssel im Auto … Mama beim Wellness-Wochenende …«

»Hey … das kriegen wir schon hin …«

Und jetzt liege ich hier mit diesem Mädchen im Arm. Sie atmet tief, und manchmal seufzt sie im Schlaf.

Im Gegensatz zu ihr habe ich die ganze Nacht nicht geschlafen. Wie auch, wenn ich ihren warmen Rücken an meinem Oberkörper spüre und ihre weichen Haare an meinem Gesicht?! Und an meinem Arm, durch das T-Shirt, das ich ihr zum Schlafen gegeben habe, ihre Brüste. Ich berühre sie zwar nur ganz leicht mit der Innenseite von meinem Unterarm. Aber es ist das krasseste Gefühl ever. Schlafen ist da definitiv nicht drin.

Es wird langsam hell. Ich konzentriere mich auf das Gefühl von glattem braunen Haar an meinem Gesicht und streichle vorsichtig ihre Schulter.

Sie wacht erst auf, als ihr Handy klingelt. Verschlafen setzt sie sich auf.

»Hallo Mama …«

Die Frau am anderen Ende spricht so laut, dass ich mithören kann. »Katharina, was geht hier vor sich? Warum bist du nicht zu Hause?«

»Ich hab bei einem Freund übernachtet.«

»Bei Jonas?«

»Nee … mit Jonas hab ich Schluss gemacht … Ein anderer Freund.«

»Und wann kann ich mit dir rechnen?«

»In zwei Stunden, denke ich …«

Katharina legt auf und lächelt mich an.

»Morgen«, sage ich verlegen. »Ich geh dann mal … duschen.«

Katharina gähnt. Sie kuschelt sich wieder unter die Decke. »Alles klar.«

»Ich hab ’ne Freundin hier übernachten lassen«, sage ich zu Mama, als ich aus dem Bad komme. Sie guckt erstaunt.

»Erklär ich später.«

Dann bringe ich Katharina ein Handtuch und stelle Frühstück auf den Küchentisch. Als sie unter der Dusche ist, ruft Hamza an.

»Und? Hat die echt bei dir gepennt?«

»Jep. Und in meinem Arm einschlafen wollte sie außerdem. Sie hat darauf bestanden.«

Hamza lacht sich kaputt. »Also endlich nich mehr Jungfrau, Digga?«

»Red kein Schwachsinn«, sage ich.

Er lacht so sehr, dass ich schon leicht genervt bin.

Katharina kommt in die Küche und guckt neugierig zu mir.

»Hau rein, Bro«, sage ich zu Hamza und lege auf.

Zu dritt essen wir Frühstück und ich höre verwundert zu, wie Mama und Katharina sich über Eiskunstlauf, glutenfreies Brot und Genmanipulation unterhalten.

»Ich muss jetzt leider los«, sagt Katharina nach dem Frühstück, und es klingt, als fände sie das total schade.

Ich finde es auch total schade. Katharina ist richtig nett, und voll süß. Die ganze Zeit lächelt sie mir zu, und es macht derbe Spaß, ihr zuzuhören. Dabei interessiert mich Eiskunstlauf nicht einmal!

Ich hätte nichts dagegen, die nächste Nacht genauso zu verbringen wie die letzte. Und alle anderen Nächte. Wenn ich dann auch nie mehr schlafen könnte. Aber egal, oder?!

»Soll ich dich zur Haltestelle bringen?«

»Das wäre superlieb!«

Als wir auf der Straße stehen, hakt sie ihren kleinen Finger in meinen. Mein Herz schlägt ein bisschen höher und vorsichtig gucke ich sie von der Seite an. Sind wir jetzt zusammen?

Sie dreht den Kopf zu mir und grinst. »Was ist?«

»Nichts …«

»Du bist echt süß, Nelson.«

Das hat mir noch nie jemand gesagt. Also, außer Mama, und Tante Luisa vielleicht. Und es bringt mich ziemlich durcheinander. Ich wüsste gerne, was ich darauf antworten soll. ›Findest du?‹, ›Danke für das Kompliment‹, ›Du auch‹?

Weil ich keine Ahnung habe, ob irgendetwas davon die passende Antwort wäre und wenn ja, welche, sage ich einfach gar nichts.

»Wir sollten uns mal wiedersehen«, sagt Katharina.

Anscheinend sind wir noch nicht zusammen.

»Finde ich auch.« Ich schaffe es, dass dieser Satz einigermaßen normal klingt.

Wieder strahlt sie mich an.

An der Haltestelle holt sie ihr Handy raus. »Wollen wir Nummern tauschen?«

»Ja, klar!«

Während ich ihre Nummer eintippe, steht sie so dicht neben mir, dass ihre glatten braunen Haare mich an der Schulter kitzeln.

Und in diesem Moment taucht Marie auf. Ich gucke hoch und sehe sie genau auf uns zukommen. Sie schaut mir direkt in die Augen.

»Hi, Nelson«, piepst sie.

»Hi, Marie!«, sage ich verwirrt. Sie quetscht sich an mir vorbei und guckt auf den Fahrplan, und für einen Moment steht rechts von mir Katharina und links von mir Marie.

Voll merkwürdiges Gefühl.

Dann stellt Marie sich drei Schritte von uns entfernt hin, guckt auf die Straße und rührt sich nicht mehr.

Katharina redet weiter von dem Segelkurs, den sie in den letzten Ferien gemacht hat. Ich versuche, mich darauf zu konzentrieren, was sie sagt. Und nicht darüber nachzudenken, dass zweieinhalb Meter von mir entfernt meine große Liebe steht. Und zweieinhalb Zentimeter von mir entfernt dieses Mädchen, das ich die ganze Nacht im Arm gehalten habe. Definitiv eine merkwürdige Situation.

Aber irgendwie finde ich es gut. Hey Marie, denke ich, ich bin dir wahrscheinlich ziemlich egal, aber guck mal, es gibt auch andere Mädchen! Und ob du's jetzt glaubst oder nicht, manche wollen sogar in meinem Arm schlafen! Und Katharina lacht und erzählt, wie sie beinahe über Bord gegangen wäre und zupft dabei mit einer Hand an meinem T-Shirt herum, und mit der anderen hält sie immer noch meine Hand.

»Danke für alles!«, flüstert sie in mein Ohr, als der Bus vor uns hält.

Ganz, ganz kurz umarme ich sie. »Komm gut nach Hause!« Es klingt richtig profimäßig. Als würde ich das jeden Tag zu Mädchen sagen, die bei mir übernachtet haben.

Die beiden klettern fast nebeneinander in den Bus, und ich weiß gar nicht, auf wen ich mich konzentrieren soll. Katharina winkt noch mal durch die Scheibe, und dann sind sie weg.

Ich schlendere langsam nach Hause.

Was man an einem ganz normalen Tag so alles erleben kann …

»Ein nettes Mädchen«, sagt Mama, »aber eine Erklärung hätte ich trotzdem gerne!«

Ich erzähle, wie Katharina von ihrem Ex ins Gesicht geschlagen wurde und heulend vor dem Club stand, ohne Schlüssel und so.

Mama findet es gut, dass ich geholfen habe.

»Wo hast du sie denn schlafen lassen?«

»In meinem Bett.«

»Und du hast dann wahrscheinlich auf der Couch gelegen.«

Ich muss kurz überlegen. Mama ist ziemlich gechillt. Aber ist sie gechillt genug?

»Nee. Sie wollte in meinem Arm schlafen.«

Mama guckt mich mit großen Augen an.

»Sonst war nichts«, sage ich schnell. »Die war todmüde, und ich auch, und wir haben einfach nebeneinandergelegen und gepennt.«

Mama reißt immer noch die Augen auf und ich frage mich, ob sie wirklich so gechillt ist, wie ich dachte.

»Nelson …«

»Hm?«

»Ich find's schön, dass du so ein nettes Mädchen kennengelernt hast. Aber wir müssen über einige Dinge sprechen. Eine Beziehung …«

»Mama! Das ist keine Beziehung.«

»Umso wichtiger ist es, dass man bestimmte Dinge beachtet.«

Oh Mann. Hätte ich mal den Mund gehalten …

Doch es wird gar nicht *sooo* schlimm. Mama hält mir einen zwanzigminütigen Vortrag über Teenagerschwangerschaften und Verhütung und Verantwortung und als sie fertig ist, fragt sie mich, ob ich sie verstanden habe. Ich nicke, und ich glaube auch, dass ich sie wirklich verstanden habe, und dann entlässt sie mich nach draußen.

Ich sitze auf dem Krokodil und tippe eine Nachricht an Hamza. Und während ich auf ihn warte, denke ich daran, wie weich Katharinas Haare sind. Und wie sanft und warm sich ihr Körper neben meinem angefühlt hat.

»Na, Checker?«, sagt Hamza und hält mir die flache Hand hin. Wir klatschen uns ab.

»Na«, sage ich und versuche, so zu klingen, als wäre ich wirklich voll der Checker. Dann schweige ich erst mal. Als Checker muss man vor allem eins können: Cool schweigen.

Hamza setzt sich neben mich. Er spielt mit dem Fußball herum, den er mitgebracht hat. »Lass hören, Digga. Wie war's?«

»Geil«, sage ich. Was sonst?

»Wie is'n so'n Frauenkörper?«

»Geil«, sage ich. Dann schweige ich wieder. Und versuche, mich zu erinnern. Und die passendsten Worte zu finden. Die besten Worte, um dieses Wunderschöne zu beschreiben: Einen Frauenkörper.

»Zart, halt.«

»Und wie weit hat sie dich rangelassen?«

Das ist jetzt ein bisschen ein Dilemma für mich.

Aber Hamza ist mein bester Freund. »Also, sie hat einfach in meinem Arm geschlafen«, nuschel ich deshalb. Ich erwarte, dass er sich gleich lachend auf dem Boden wälzt und brüllt, wie man sich so eine Chance entgehen lassen kann.

Hamza lässt den Ball auf seiner Fußspitze hüpfen und sagt nichts. Er hat das wohl erwartet. Er kennt mich halt. Egal für wie cool die anderen mich halten.

Ich entspanne mich ein bisschen, als ich merke, dass Hamza über etwas ganz anderes nachdenkt.

»In deinem Arm geschlafen … Und deine Mutter ist nich durchgedreht?«

»Nee. Wär deine durchgedreht?«

»Mein Vater. *Zu* durchgedreht wär er.«

»Was hätte er gemacht?«

»Weiß nich. Ausgerastet, halt. Aber immerhin war es ja eine Frau.«

Ich muss lachen. Was könnte es denn sonst sein, ein Alien?!

»Lass kicken gehn, Nelson.« Hamza macht eine Kopfbewegung Richtung Bolzplatz.

Dann gehen wir kicken. Aber zwischendurch muss ich immer wieder an Katharina denken. Und zweimal merke ich, wie ich leise »Katharina« vor mich hin sage. Nur, um zu hören, wie es klingt.

Als ich am Abend im Bett liege, schreibe ich Katharina eine Nachricht.

Hi 🙂 gut nach Hause gekommen?

Zehn Minuten lang warte ich auf eine Antwort. Dann spiele ich ein bisschen auf meinem Handy. Wenn man sich ablenkt, ist Warten nicht so schwer.

Kurz nach halb eins lege ich das Handy weg.

Irgendwie bin ich traurig.

7

MARIE

Gülcan schlummert so selig, als gäbe es kein Leid auf dieser Welt. Als ob ihre beste und zutiefst unglückliche Freundin überhaupt nicht neben ihr läge und dringend ihres Trostes bedürfe. Ich seufze, in der Hoffnung, dass sie davon aufwacht. Resultat: Gülcan lächelt im Schlaf.

Ich seufze etwas lauter, doch es ist aussichtslos. Resigniert drehe ich mich auf den Bauch und angle unter dem Bett nach meinem Handy und Gülcans Kopfhörern. Ich stelle Lanas *Once upon a dream* an und leide vor mich hin.

Nelson. Nelson hat eine Freundin. Ich war gerade auf dem Weg zur Bibliothek, als ich sie gesehen habe, Händchen haltend und strahlend vor Glück. Die Minuten, die wir nebeneinander an der Bushaltestelle standen, waren die absolute Hölle für mich.

Natürlich waren mir alle Bücher der Welt mit einem Male gleichgültig. Statt zur Bibliothek fuhr ich zu Gülcan, in deren Armen ich weinend zusammenbrach. Seltsam, aber auf den Gedanken, dass Nelson eine Freundin haben könnte, war ich noch nie gekommen.

»Er hat dich nicht verdient«, sagte Gülcan mindestens tausendmal, und: »Es gibt doch auch noch andere tolle Jungs.«

Lieb gemeint. Doch wenig tröstlich. Als gäbe es einen zweiten Nelson!

Aber wie soll Gülcan mich auch verstehen? Sie hat schon oft gesagt, dass Nelson einfach ein Junge sei wie jeder andere auch.

Es ist mir völlig schleierhaft, wie man so etwas behaupten kann. Natürlich ist Nelson *nicht* einfach ein Junge wie jeder andere auch! Welcher andere Junge kann denn so charmant lächeln wie Nelson? Welcher andere Junge hat denn so einen extrem süßen kleinen Spalt zwischen den Schneidezähnen? Und welcher andere Junge, bitte schön, hat solche unglaublich verschmitzten, glitzernden braunen Augen?

Ich glaube, ich werde wahnsinnig, wenn ich länger darüber nachdenke. Ich stelle *Once upon a dream* auf Endlosschleife und weine lautlos in mich hinein.

Mit verquollenen Augen wache ich auf.

Gülcan schlüpft gerade in ihre Jeans. »Ich dachte schon, ich krieg dich *gar* nicht wach! Du schläfst wie so'n Murmeltier, echt jetzt!«

Ich schleppe mich ins Bad. Als ich in den Spiegel schaue, bin ich nur dankbar, dass Sonntag ist, sonst wäre mein nächster Spitzname »Froschgesicht« oder »Glubschi« oder etwas ähnlich Originelles. Meine Augenlider sind zu doppelter Größe aufgequollen, und in einem Auge ist eine fette rote Ader geplatzt.

»Ich glaub, mir geht's nicht gut …«, sage ich zu Gülcan, »ich geh nach Hause.«

Mit gesenktem Kopf schleppe ich mich nach Hause. Ich lege mich aufs Bett, stelle Musik an und leide wie ein Hund.

Aus irgendwelchen, für mich selber nicht mehr nachvollziehbaren Gründen hatte ich die Hoffnung, dass Nelson, ich wiederhole: *Nelson!* sich für mich interessieren könnte. Ich muss an einer Art Wahn gelitten haben, eine andere Erklärung gibt es nicht. Ich bin mit Abstand das dümmste und naivste Wesen des Universums. Zumindest ist es höchst unwahrscheinlich, dass es irgendwo in den Weiten des Kosmos jemanden gibt, der es an

Dummheit und Naivität mit mir aufnehmen kann. Ich stelle mir ein hässliches blaues Marsmännchen vor, dass sich in Lana Del Rey verliebt hat. Möglicherweise könnte dieses Marsmännchen mich an Idiotie noch überbieten.

Marsmännchen: Blau, glitschig. Dreiäugig mit sechs Fingern.

Lana: Langbewimperte Rehaugen. Traumhaft schön.

Aber direkt auf Platz zwei, da komme ich.

Nelson: Unglaublich süß. Extrem beliebt.

Marie: X-beinige Brillenträgerin. Beliebt nur vor der nächsten Klassenarbeit.

Ich tue mir so unsäglich leid.

Ich wache erst auf, als plötzlich meine Mutter im Zimmer steht.

»Was ist los, Marie? Hast du Fieber?«, sie berührt meine Stirn, stellt fest, dass ich kein Fieber habe, und geht wieder ins Wohnzimmer.

Als sie zurückkommt, zieht sie ein grünes Monster hinter sich her, ein Monster auf Rädern, so groß und so hässlich, dass ich schlagartig wach bin.

»Den hab ich gestern für dich gekauft, Marie.«

Das Monster entpuppt sich als ein Koffer, die Art Koffer, die man seinen ärgsten Feinden schenkt. An seiner Seite sind große Plastikaugen angebracht und ein grinsender Mund aufgemalt. Die Augen wackeln bei jedem Schritt, und obendrauf hat diese Katastrophe auf Rädern eine Wuschelfrisur aus grünen Fransen. Ich bin vor Schreck sprachlos, und es dauert ein paar Sekunden, bis ich begreife, dass meine Mutter mir das Ding für die *Klassenfahrt* gekauft hat.

»Den hab ich im Elbe-Einkaufszentrum entdeckt. War reduziert. Dachte mir, das ist genau das Richtige für deine Klassenfahrt.«

Ich liege schon heulend unter der Decke. »Bist du verrückt?! Willst du, dass ich mich komplett zum Gespött der Schule mache?! Und außerdem: Ich FAHRE NICHT AUF KLASSENFAHRT!!!«

»So!«, sagt sie. »Mit dem Unfug ist jetzt Schluss. Und ob du auf Klassenfahrt fährst – meinst du, ich hab das Geld dafür umsonst bezahlt? Außerdem sagte ich ja schon, dass Thomas und ich auch mal Zeit zu zweit verbringen wollen.«

»Dann gehe ich zu meinem Vater!«

»Dein Vater ist, soweit ich weiß, mit Angelika in der Südsee unterwegs. Aber du kannst ihn ja fragen.« Es klingt kalt und mitleidslos.

Ich rufe sofort meinen Vater an.

»Hallo, dies ist die Mailbox von Michael Stadler. Ich bin bis zum dreiundzwanzigsten Mai nicht erreichbar, freue mich aber über eure Nachricht.«

Dass er auch nie da ist, wenn man ihn braucht! Was will er in der gottverdammten Südsee?!

Der Monsterkoffer steht in der Ecke und grinst mich an.

»ICH HASSE DICH!!« Ich versetze dem Koffer einen Fußtritt, sodass er umfällt und ein Stück über den Boden schlittert.

»Marie, bist du von Sinnen? Der hat GELD GEKOSTET!!!«

Ach ja?? Ob ich mich vor meinen Mitschülern mit einem Monsterkoffer lächerlich mache, ist meiner Mutter komplett egal, das Einzige, was für sie zählt, ist, dass dieses Ungeheuer Geld gekostet hat! Ich trete noch einmal zu, und knacksend knickt ein Rad um. Meine Mutter packt mich am Arm, und für einen Moment glaube ich, sie gibt mir eine Ohrfeige, so wütend sieht sie aus. Aber sie beherrscht sich. Ich reiße mich los und laufe aus der Wohnung.

Süleyman, Gülcans Vater, öffnet mir die Tür, sieht mich mitleidig an – mein Gesicht scheint nicht wesentlich anders auszusehen als heute Morgen – und tritt wortlos zur Seite.

Gülcan sitzt an ihrem Schreibtisch, als ich ins Zimmer komme.

Ich lasse mich auf ihr Bett fallen.

»Ich *kann* einfach nicht mit auf Klassenfahrt kommen! Das halte ich nicht aus!«

Sie setzt sich neben mich und schluchzend lege ich den Kopf auf ihre Knie.

»Vielleicht wird es gar nicht so schlimm …«, sie streichelt mir übers Haar.

»*Du* bist ja auch nicht verliebt!«

»Vielleicht hilft dir die Klassenfahrt ja, darüber wegzukommen…?«

»Klar!«, schreie ich. »Wenn ich jeden Tag Nelson sehen muss, werde ich *natürlich* über ihn hinwegkommen!«

Gülcan sagt nichts mehr. Ich kann ihr nicht verübeln, dass sie nicht ohne ihre beste Freundin in die Jugendherberge fahren will.

Ich erzähle ihr von dem grünen Koffer. »Keine Ahnung, wie man auch nur auf den Gedanken kommen kann, so etwas zu kaufen! Hässlich wie die Nacht! Nur, dass Nächte nicht grün sind.«

»Die Nacht ist doch schön!«, sagt Gülcan, völlig am Thema vorbei. »Leila bedeutet auf Arabisch ›Nacht‹.«

Gülcans kleine Schwester Leila steckt den Kopf zur Tür herein. »Wer heißt Leila?«

»Belausch uns nicht!«, sagt Gülcan streng. »Wir haben Sorgen. Lass uns in Ruhe.«

Gehorsam klappt Leila die Tür wieder zu.

Damit Gülcan einsieht, dass es völlig egal ist, welche Metapher ich verwende, um ihn zu beschreiben, muss sie den Koffer einfach selber sehen. Irgendwie muss ich ihr klarmachen, dass es absolut unmöglich für mich ist, mit auf Klassenfahrt zu kommen. Vielleicht bleibt sie ja mit mir in Hamburg, und ich kann die Woche über bei ihrer Familie wohnen …?

Zwanzig Minuten später sind wir bei mir zu Hause in der leeren Wohnung. Meine Mutter ist wohl zu Thomas gefahren.

»Du hast ja mal nicht übertrieben«, sagt Gülcan, als sie Mister Monster sieht. Sie geht um den Koffer herum. »Eine kranke Mischung aus Shrek und Bernd, das Brot, würde ich sagen. Deine Mutter hat echt gar keinen Geschmack. Wie kommt es, dass du welchen hast? Na ja, ansatzweise.«

Dann hat sie eine Idee. »Guck mal, die Augen gehen ab!«

Sie reißt an einem der Plastikaugen. Es löst sich leicht von dem Koffer, das Einzige, was zurückbleibt, ist ein Leimfleck. Dann macht sie das zweite Auge ab, es geht ganz einfach. Ich stehe verblüfft daneben und bewundere ihren Pragmatismus. Auf diesen genialen Einfall wäre ich nie gekommen! Zuletzt holt sie eine Schere und schneidet dem Koffer die grünen Wuschelhaare ab. Abgesehen von dem Grinsemund sieht das Monster jetzt beinahe wie ein normaler Koffer aus. Immer noch zu grün und zu groß, aber doch nur noch halb so auffällig.

»So, jetzt kannst du beruhigt mitfahren!«, verkündet Gülcan, als sie ihr Werk beendet hat.

Einerseits freue ich mich, doch andererseits *wollte* ich ja gar nicht mitfahren …

»Schade, dass du nicht genauso einfach das Problem mit Nelson lösen kannst«, sage ich, in der Hoffnung, sie kommt vielleicht von selbst darauf, dass es viel besser wäre, wenn wir beide einfach dablieben.

»Du musst *los*lassen, Marie! Du wirst schon noch den Richtigen treffen. Es gibt doch noch andere tolle Jungs!«

Wenn sie das noch einmal sagt, raste ich mit Sicherheit aus.

8

NELSON

Mama steht mit ihrer Reisetasche im Flur. Auf dem Treppenabsatz steht Herr Yilmaz, der sie zum Bahnhof fährt. Weil ich morgen verreise, fährt sie zu Tante Luisa nach Schwerin. Damit sie nicht alleine ist. Es ist nicht gut für sie, alleine zu sein.

»Mein lieber Junge«, ihre hellroten Haare kitzeln mein Gesicht, als sie mich umarmt. »Hab eine wunderbare Zeit.«

»Danke, Mama. Viele Grüße an Tante Luisa.«

»Vergiss nicht, dir den Wecker zu stellen. Und geh ein bisschen eher los morgen früh, nicht auf den letzten Drücker. Wenn der Zug weg ist, ist er weg.«

Sie küsst mich auf die Wange, dann greift sie ihre Tasche, die Herr Yilmaz ihr aber gleich wieder aus der Hand nimmt. Ich schaue zu, wie sie in den Fahrstuhl gehen. Mama dreht sich noch mal um. Herr Yilmaz drückt den Knopf, der Fahrstuhl schließt sich, und ich bin allein.

In meinem Zimmer steht meine gepackte Tasche. Ganz oben drauf liegt ein Buch. Als Zeichen, dass ich ein neues Leben anfangen werde.

Gestern kam ein Brief von der Schule. In dem Brief stand, dass ich in den vergangenen vier Wochen einunddreißig Stunden unentschuldigt gefehlt habe. Und dass meine Mutter telefonisch nicht erreichbar war.

Mama ist so was Ähnliches wie explodiert. Sie kann das nicht richtig, explodieren, sie ist nicht so der Typ dafür. Aber wenn sie es könnte, dann wäre sie explodiert, definitiv. Sie stand voll unter Schock, als sie mit dem Brief in mein Zimmer kam und fragte, ob ich ihr nicht erzählt habe, dass in der Schule alles in Ordnung ist. Weil sie den Brief hatte, habe ich gar nicht erst angefangen, irgendetwas abzustreiten.

Und dann weinte sie. Weil sie in der Klinik war und sich selber die Schuld dafür gibt, dass ich so viel geschwänzt habe. Da stand mein Entschluss, ein neues Leben anzufangen, schon fest. Trotzdem hat sie mir dann noch von meinem Vater erzählt. »Weißt du, wie dein Vater lernen musste, um ein Stipendium für Deutschland zu bekommen?«

Alter, hab ich mich schlecht gefühlt. Ich schwor, mich zu bessern. Als Beweis nahm ich sofort das Buch aus dem Regal.

Ich fühle mich immer noch schlecht.

Vielleicht hilft es ja, wenn ich gleich anfange mit dem neuen Leben. Vielleicht verschwindet dann mein schlechtes Gewissen.

Also nehme ich das Buch aus der Tasche, lege mich aufs Bett und fange an zu lesen.

Das Buch heißt »Die sonderbare Welt des Christopher Boone«. Ich habe es von Tante Luisa zum Geburtstag bekommen.

Das Buch ist gar nicht so unspannend. Ich werde meine Buchpräsentation in Deutsch darüber halten. Frau Ludwig wird begeistert sein.

Ich bin auf der zwölften Seite, als Hamza anruft. Als er hört, dass Mama schon gefahren ist, kommt er rüber. Bevor er klingelt, stecke ich das Buch wieder in die Tasche. Damit ich es nicht vergesse.

Zwölf Seiten. Das neue Leben macht richtig Spaß.

Hamza bringt seinen Laptop mit, und wir zocken ein paar Stunden.

Es ist schon ziemlich spät, aber wir sind total knapp vor dem nächsten Level. Wir wollen es unbedingt noch schaffen weiterzukommen.

Als Hamzas Mutter zum zweiten Mal anruft, muss er leider gehen.

Ich gucke noch ein bisschen fern, und kurz nach zwölf gehe ich ins Bett.

Ich kann nicht einschlafen. Wenn ich die Augen zumache, sehe ich immer noch die radioaktiv verseuchte Landschaft vor mir, in der Hamza und ich uns gegenseitig aufgelauert haben.

Also denke ich ein bisschen an die Klassenfahrt. Okay, ist es halt Mecklenburg-Vorpommern. Es ist trotzdem die allererste Klassenfahrt für mich. Als die in der Siebten an die Ostsee gefahren sind, war Mama gerade das erste Mal in der Klinik und ich habe ein paar Wochen bei Tante Luisa gewohnt. Und außerdem – das Beste an der Reise ist ja sowieso, dass ich fünf Tage am Stück mit Marie zusammen sein werde! Soweit ich weiß, sind Klassenfahrten der perfekte Zeitpunkt, aus zwei ganz normalen Mitschülern ein Paar zu machen. Das ist es zumindest, was man immer von allen hört. In der 10a gibt es zwei Paare, die auf der Klassenfahrt zusammengekommen sind. Und direkt nach der Fahrt waren es dreimal so viele, mindestens. Plötzlich liefen die alle Hand in Hand herum.

Verdammt, ich wünschte, ich würde es schaffen, nicht über so einen Bullshit nachzudenken. Ich sollte mir gleich eine Zeitschrift für dreizehnjährige Mädchen kaufen und an die Ratgeberecke schreiben. Hilfe, ich bin verliebt! Hilfe, ich hab meine Tage!

Ich drehe mich auf die andere Seite.

Ich bin sowieso nicht schlau genug für sie. Marie ist Einserschülerin in fast allen Fächern. Ist ja nicht einfach *so*, dass alle sie Streberin nennen! Sie würde jemanden, der auf Dreien stolz ist, nicht mal angucken. Auslachen würde sie den.

Es sticht ein bisschen in meinem Herz, als mir wieder einfällt, dass Hamzas schlechteste Note eine Drei ist. *Eine* Drei. Er wäre wirklich eher Maries Liga … Ich frage mich, wie sehr man sich darauf verlassen kann, dass er nicht auf sie steht. So was kann sich doch auch ändern?!

Ich muss ihn noch mal fragen, wie er Katharina so fand. Katharina … Irgendwie hatte sie echt auch was. Ich drehe mich wieder auf die andere Seite. Es ist gar nicht lange her, dass ich sie eine ganze Nacht lang im Arm gehalten habe. Ich schließe fest die Augen und versuche, das Gefühl von ihrem warmen, weichen Körper noch mal zu fühlen.

Es funktioniert.

Wie es wohl ist, Marie im Arm zu halten? Genauso? Fühlt sich das mit allen Mädchen gleich an? Oder ist es ganz, ganz anders?

An meinem Körper regt sich was.

Ich stelle mir vor, dass es Marie ist, die ich im Arm halte, und komme um vor Sehnsucht.

Als mein Handy summt, bin ich sicher, dass sie es ist. Auch, wenn es verrückt ist, aber es kann gar nicht anders sein. Meine Sehnsucht hat sie dazu gebracht, mir eine Nachricht zu schreiben.

Endlich.

Mein zweiter Gedanke ist: Bestimmt Katharina. Jetzt meldet sie sich doch noch.

Aber es ist Hamza.

Ich mach die Augen zu und seh Tschernobyl 😩

Is bei mir auch so Digga 🙂

Was machst du?

An Frauen denken

Wenn du nur an sie denkst, bleibst du ewig Jungfrau 🙂

Sehr witzig. Was machst du?

Nicht an Frauen denken

Wie fandst du Katharina?

Wer ist Katharina?

Alles klar. Schon gut.

Nee, sag mal jetzt

Na die vorm Crush

Ach so. Hat sie dir geschrieben?

Nee

Was interessiert dich das dann?

Danke fürs Gespräch 😛

Immer gern. Also, ich fand sie strange.
Ich glaub sie hat ein Schaden

Warum das denn Alter

Hat sie dir geschrieben?

Nee

Deswegen. Alter, was hätte sie ohne dich gemacht? Und dann einfach nicht mehr melden

Hast recht

Gut, dass dus einsiehst 🙂
Muss jetzt schlafen.
Nicht verpennen morgen 😛

Hau rein

Er hat recht. Von wegen, wir sollten uns mal wiedersehen. Gelogen hat sie, so einfach ist es. Ihre ganze Nettigkeit und alles – das war alles einfach nur fake.

9

NELSON

Verdammt! Sieben Uhr dreißig. In diesem Moment sollte ich in eine S-Bahn steigen und gechillt zum Hauptbahnhof fahren! In einer knappen Stunde geht unser Zug!!

Ich Vollhonk hab verpennt.

Drei Minuten später bin ich aus der Wohnung. Der Scheißfahrstuhl steckt mal wieder in der sechsten Etage fest. Vergiss es, Nelson, denke ich, es ist zu spät! Trotzdem rase ich, so schnell ich kann, die Treppe runter.

Wozu hat man Freunde?! Warum hat mich keiner angerufen??

Im Bus checke ich mein Handy – fünf verpasste Anrufe von Hamza. Sorry, Bro. Deine Schuld ist es nicht.

Aber das macht es gerade auch nicht besser.

Wenn ich den Zug verpasse, dann war's das für mich mit der Klassenfahrt.

Ich bin so derbe wütend auf mich selbst. Wie kann man die erste Klassenfahrt seines Lebens verpassen?!?!

An der S-Bahn-Station drängle ich mich als Erster aus dem Bus. Wie Usain Bolt sprinte ich die Treppe zu den Gleisen hoch. Dort steht eine abfahrbereite Bahn. Ich stürze hinein. Vielleicht schaffe ich es ja doch …

MARIE

Neben dem grünsten Koffer aller Zeiten hocke ich im Bus und beobachte anhand der zahlreichen Hamburger Stadtuhren das Vergehen der Zeit.

Ich werde es wahrscheinlich nicht rechtzeitig zum Bahnhof schaffen, und dieser Tatsache stehe ich völlig gelassen gegenüber.

Nur Gülcan tut mir ein kleines bisschen leid. Sie wird ohne meine moralische Unterstützung Ibo, Jugendherbergsessen und Herrn Zimmermann ertragen müssen.

Aber sie hätte ja auch mit mir in Hamburg bleiben können. Als ich ihr diesen genialen Plan vorschlug, war sie davon nicht im Geringsten begeistert. Im Gegenteil, sie hat sogar versucht, mir ein schlechtes Gewissen zu machen, weil ich überhaupt auf die Idee gekommen war! Sie sagte, ich soll an Barin denken und froh sein, dass ich mitkommen kann.

Klar tut Barin, die ohne ihren Vater oder älteren Bruder nirgendwo hinfahren darf, mir leid. Aber trotzdem fand ich, dass dieses Argument von Gülcan etwas unpassend war. »Barin *darf* nicht mitkommen. Ich *will* nicht mitkommen. Das ist ein Unterschied, finde ich.«

»Sie würde voll gerne mitkommen. Und du hast die Chance dazu!«

»Barin ist auch nicht in Nelson verliebt.«

»Weißt du doch gar nicht. Und lass dir bloß nicht einfallen, alleine dazubleiben! Das macht man nicht als beste Freundin.«

»Ich würde dich nie alleine auf Klassenfahrt fahren lassen, Gülcan.«

Aber wenn ich trotz aller Bemühungen den Zug verpassen sollte, dann ist das eben wahrscheinlich einfach Schicksal.

Mist. Es handelt sich um einen sogenannten Schnellbus, für den im Straßenverkehr Extraspuren eingerichtet sind. Dazu habe ich die Fähigkeit des Fahrers, bei Gerade-noch-nicht-ganz-Rot über Kreuzungen zu rollen, offensichtlich unterschätzt, denn soeben säuselt die Ansage: »Hauptbahnhof. Übergang zum Nah- und Fernverkehr.«

Ich schleppe den grünsten Koffer des Planeten in den Bahnhof – zugegebenermaßen war es eine reichlich dumme Idee, das Rad kaputt zu treten – und die Treppe zu Bahnsteig 8 hinunter. Meine letzte Hoffnung, den Zug vielleicht doch schuldlos verpasst zu haben, schwindet. Lärmend steht meine Klasse am Gleis, und selbst hier oben hört man Ibos raue Stimme heraus.

Nelson allerdings ist nicht dabei.

Gut so. Ich bin froh darüber. Sehr froh sogar. Sogar sehr, sehr, sehr, sehr froh.

Oh, da kommt Nelson. Gegenüber, am anderen Ende des Bahnsteiges, flitzt er die Treppe hinunter.

Hamza und die anderen Jungen laufen ihm johlend entgegen.

Ich stelle mich schweigend zu Gülcan, Theresa und Isabel.

Gülcan fällt mir um den Hals. »Da bist du ja endlich! Wir dachten schon, du kommst zu spät!«

Ich stelle missmutig den grünsten aller Koffer ab. »Ob das so schlimm gewesen wäre …«

Theresa verdreht die Augen. »Mann, Marie! Warum bist du immer so mies drauf?!«

Oh, ich könnte viele Gründe nennen … Der wichtigste schlendert gerade an mir vorbei, inmitten einer Meute durchgedrehter Jungs, die ihn begrüßen wie einen verlorenen Sohn.

Mit einem hässlichen Quietschgeräusch fährt der Zug ein. Meine Mitschüler stürmen die Abteile. Der Monsterkoffer scheint allen im Weg zu sein, doch nichtsdestotrotz gelange auch ich irgendwie in den Zug und finde einen Platz neben Gülcan.

Ich ziehe mir die Kopfhörer auf, schließe die Augen, und überlasse die anderen ihrer guten Laune.

NELSON

»Hier ist unser Lager, Leute!« Karim hat die Tür zu einem Abteil aufgerissen und schmeißt sich in einen Sitz.

»Korrekt, Alter!« Julius, Alex, Tolga, Hamza und ich stürmen hinterher. Das beste Abteil von allen, definitiv.

Als Erstes packen wir unser Essen aus. Ich habe *zu* leckere Muffins dabei. Mama hat sie gestern noch für mich gebacken.

Natürlich wollen alle was abhaben. Weil Mama sich das schon gedacht hat, hat sie mir extra mehr mitgegeben. Das Essen von meinen Freunden kann mit Mamas Muffins nicht so richtig mithalten. Alex hat seins komplett vergessen. Doch wir füttern ihn mit durch.

»Ha ha!«, schreit Julius und reißt Tolga die Brotdose aus der Hand. »Is das grün oder was? Seit wann isst du was, das grün is, Digga?!«

»Hat meine Mutter mir reingetan«, sagt Tolga ohne zu überlegen. Wir schmeißen uns fast weg vor Lachen.

»Tolga, ha, ha, deine Mutter weiß es wahrscheinlich nich, aber Gemüse lässt den Bizeps schmelzen!« Hamza nimmt Julius Tolgas Brotdose weg. »Aber keine Sorge, kannste mir geben. Ich kann mir das leisten.«

»Alter! Geht's noch?!« Tolga versucht, seine Gurkenstückchen in Sicherheit zu bringen. »Bizeps …!«, murmelt er beleidigt.

»Ja genau! Sollte eigentlich hier sein.« Hamza presst Tolgas Oberarm zusammen und Tolga quiekt auf.

Nach dem Essen zocken die anderen Handyspiele.

Ich hole mein Buch raus. Ich kann nämlich Wort halten!

Natürlich kommt in derselben Nanosekunde schon ein Kommentar: »Was'n das für'n Scheißbuch, Digga?«

»Kannst du nich mal die große Schrift auf dem Umschlag lesen? Sind doch Druckbuchstaben.«

»Ey, warum liest du das, du Lauch?« Tolga guckt mich an, als ob er sich fragt, ob ich gesund bin.

»Wir sollen in Deutsch ein Buch vorstellen, falls du's vergessen hast, du Nachhilfeschüler Nummer eins.«

»Da liest der ein neues Buch!« Karim schmeißt sich fast weg vor Lachen. »Warum nimmst'n nich eins, das du schon kennst, Digga?!«

Ich ziehe ihm das Buch über den Schädel. »Weil ich nich so doof bleiben will wie du, du dummes Stück Mettwurst!«

Karim klimpert mit seinen Mädchenwimpern. »Wenn, dann bin ich ein heißes Stück Mettwurst. Das gut geschnitten ist.«

»Ja ja, in deinen Träumen!«

»Immerhin bin ich größer als du, du Hanf!«

Das sitzt. »Ja, ein halben Millimeter!«, kontere ich.

»Bei mir is halt alles größer!«

»Ja, dein Arsch, Mann!« Ich schlage mit dem Buch auf Karims Hüften. »Dein Arsch und dein Maul, Digga!«

»Und andere Dinge auch«, behauptet Karim.

Ich muss grinsen. »Scheiß Poser.«

Dann schlage ich entschlossen das Buch auf. Sollen die doch alle durch die Prüfungen fallen. Ich will was aus meinem Leben machen, verdammt noch mal.

Ich habe zwei Zeilen gelesen, als Hamza mich in die Seite boxt. »Nelson, du Schnarcheule! Lass ma Uno spielen.«

»Uno?!?!«, brüllt Tolga. »Echt jetzt, Uno?!!«

»Und warum nich?« Julius gibt Tolga eine Kopfnuss. »Bringt doch Spaß!«

Tolga lacht lange und laut, dann sagt er: »O. k.! Dann Uno!«

Nee, Ruhe zum Lesen hat man hier nicht.

Egal.

Dann Uno.

Auch wenn ich jetzt schon weiß, dass Tolga gewinnt. Weil, Tolga gewinnt immer. Tolga betrügt wie sonst was. Ob bei Computerspielen oder Vokabeltests oder Uno. Nur, man erwischt ihn dabei nicht.

Aber es ist Hamza, der die erste Runde macht.

»Alter, wie spielst du, voll ehrlos, Mann, immer tricksen!«, schreit Tolga, schnappt mein Buch und rammt es Hamza in die Seite. Eine Sekunde später klemmt sein Kopf unter Hamzas Arm. Die Unokarten fliegen in alle Richtungen.

»Yessss!«, schreit Karim. »Uno forever!!«

Ich bin glücklich.

Ich weiß nicht, ob ich es verdient habe, den Zug zu schaffen. Mit einunddreißig Fehlstunden und einer Mutter, die weint.

Doch ich habe ihn geschafft. Ich bin hier, mit meinen Freunden, und alles ist gut.

10

NELSON

An einem Bahnhof mit zwei Gleisen steigen wir irgendwann aus.

»Zusammenbleiben!«, ruft Herr Zimmermann und macht seinen Hals lang.

In der Bahnhofshalle ist nur ein alter Mann. Er steht am Ticketautomat, vergisst aber sein Ticket, als er uns sieht, und guckt uns misstrauisch hinterher.

Vor dem Bahnhof müssen wir in einen Bus umsteigen.

Im Bus sitzt Djamila vor mir und ich nutze die Chance, sie ein bisschen zu ärgern.

»Ha, ha, Nelson!«, quietscht sie, als ich sie in die Seite pikse. Als Rache spritzt sie mir Wasser aus ihrer Trinkflasche ins Gesicht.

»Na warte!« Ich hole meine Flasche Apfelschorle raus. Mit einem kleinen Nagel, den ich für solche Fälle meistens dabeihabe, bohre ich ein Loch in den Deckel. Es funktioniert ganz gut – ich kann ziemlich genau zielen, und ich ziele auf Djamilas linkes Ohr.

»Mann, *Nelson!!*«, schreit sie, als die Apfelschorle sie ins Ohr trifft. Halb lacht sie dabei.

Bei jemand anderem wäre sie sauer, definitiv.

Ein bisschen hab ich auch Hamza mit Apfelschorle getroffen. »Ey, Nelson! Du musst nich mit *mir* flirten, Digga, das is'n neues T-Shirt!«

Er nimmt mich in den Schwitzkasten und gießt Apfelschorle in meinen Nacken. Ich schreie, und Herr Zimmermann ruft nach hinten, dass wir schlimmer sind als Erstklässler und bitte aufhören sollen, so »herumzulärmen«.

Djamila kriegt sich vor Lachen nicht wieder ein.

Zur Strafe bewerfe ich sie mit Erdnussflips, die ich von Tolga geklaut habe.

Als der Bus vor einem großen Holzhaus hält, stürzen Hamza und ich als Erste raus. Karim, Julius, Alex und Tolga uns nach.

Wir müssen unbedingt ein Sechserzimmer erwischen.

»Alle bleiben sitzen!«, ruft Herr Zimmermann.

Doch auch die Schwuchtel wird uns nicht von unserem Sechserzimmer fernhalten! Wir müssen uns beeilen, denn schon kommt die ganze Klasse hinter uns her. Hamza und ich stürmen die Treppe im Hausflur hoch. In der ersten Etage reißt Hamza eine Zimmertür auf und schmettert seine Tasche hinein. »Safe!«

Karim, Julius, Alex, Tolga und ich drängeln uns hinter ihm durch die Tür. An den Wänden stehen drei Doppelstockbetten.

Wie für uns gemacht.

»Korrekt!« Wir feiern.

»Glaubt nicht, dass ihr damit durchkommt!«, sagt jemand hinter uns.

Ich drehe mich um. Da steht Herr Zimmermann, und er hat rote Flecken im Gesicht.

»Wenn ich sage, alle bleiben sitzen, dann heißt das, dass alle sitzen bleiben! Auch ihr!«

»Oh Mann, Herr Zimmermann!« Julius verdreht die Augen. »Verstehen Sie denn gar keinen Spaß?«

»Das hat mit Spaß rein gar nichts zu tun!«

»Kommt nich wieder vor«, sagt Hamza und schmeißt seine Jacke auf das Bett neben sich.

»Du brauchst dich hier nicht erst häuslich niederzulassen!«

»Hä?!«, schreit Tolga.

»Ihr schlaft in Zweierzimmern, Punkt.«

»Wie bitte?!«, brüllt Karim.

»Ihr könnt gerne auch gleich wieder nach Hause fahren.« Herr Zimmermann lässt uns stehen.

Denkt die Schwuchtel, so macht man sich beliebt, oder was? Wir richten uns trotzdem ein. Aber dann kommt der noch mal, eigentlich nur, um mir zu sagen, dass ich in der Küchengruppe bin und unten erwartet werde. Als er sieht, dass wir noch hier sind, tickt er fast aus.

Weil wir keinen Bock haben, wieder nach Hause zu fahren, kapitulieren wir.

»Chill dein Leben, Mann!«, brummt Julius, als er seine Tasche nimmt und sich an Herrn Zimmermann vorbei in den Flur schiebt.

Die Zweierzimmer liegen nicht einmal nebeneinander, sondern sind im ganzen Haus verteilt. Hamza und ich kriegen eins auf der Rückseite vom Haus.

»Voll hässliches Zimmer, Digga«, sage ich, obwohl es eigentlich ganz schön ist.

Hamza geht zum Fenster.

»Da is der See.«

Ich stelle mich neben ihn. Ein paar Hundert Meter entfernt ist ein kleiner See. Eine Art Feldweg führt vom Hintereingang der Jugendherberge dorthin.

»Hab ich mir irgendwie größer vorgestellt. Aber egal, vielleicht kann man da trotzdem baden?«

»Denk dran, du bist in der Küchengruppe, Nelson!«, ruft Herr Zimmermann über den Flur.

»Mann, der nervt vielleicht«, sage ich.

Hamza schmeißt sich auf das untere Bett, verschränkt die

Arme hinter dem Kopf und grinst. »Viel Spaß beim Kochen, Nelson! Aber mach das Essen nich kaputt, ha ha!«

»Meinst du, ich kann nich kochen, oder was?!« Ich nehme das Kopfkissen von meinem Bett und schmeiße es ihm ins Gesicht. Gleich darauf habe ich es selber im Gesicht. Die Kissen sind riesig und extrem gut geeignet für Kissenschlacht. Weil ich aber nicht wirklich Stress mit der Schwuchtel will, gehe ich vorsichtshalber mal die Küche suchen.

Die Küche ist ganz schön groß. Es gibt drei Herde und mehrere Kühlschränke. In der Wand ist ein Fenster zum Speiseraum, wo man das Essen durchschieben kann. Die anderen Küchengruppenmitglieder, in anderen Worten, alle, die in der letzten Zeit mal die Englischhausaufgaben vergessen hatten – also Ibo, Tolga, Marvin und Theresa – sind gerade am Diskutieren, wer zum Supermarkt gehen soll.

Ich stelle mich auf die Seite der Mehrheit, die der Meinung ist, dass Tolga zum Supermarkt gehen soll. Nur Tolga ist der Meinung, dass das keine gute Idee ist. Er findet, dass Ibo gehen soll. Allerdings fehlen ihm die Argumente. Und dann ist sowieso allen klar, dass, wenn einer nicht alleine zum Supermarkt gehen wird, dann Ibo. Also schlägt Theresa vor, dass wir alle gehen. Sie schafft es, Marvin auf ihre Seite zu ziehen.

»Super, dann geht einfach ihr beide!«, sagt Tolga.

»Kein Problem«, meint Theresa, »wenn ihr dann kocht.«

Logisch, dass wir uns auf den Deal nicht einlassen.

Ständig reißt irgendwer die Küchentür auf und schreit »Hunger!!!« oder »Essen fertig???«.

Das führt dazu, dass wir uns dann ziemlich plötzlich alle zusammen auf den Weg machen.

Mit zehn Päckchen Nudeln, zehn Gläsern Tomatensoße und fünf Stück Gouda kommen wir zurück. Hamza, Julius und ein paar andere spielen auf dem Hof Fußball.

»Essen fertig?«, schreit Julius.

»Äh, ja«, schreie ich zurück, »die Nudeln haben sich gerade selber gekocht, während wir sie im Laden eingekauft haben.«

»Ich hab voll Hunger, Digga!«

»Wann hast du das nich, Digga!«

Um ehrlich zu sein, ich habe inzwischen auch Hunger.

Zum Glück gehen Nudeln schnell.

Würde vielleicht auch stimmen, wenn man nicht Tolga dabeihätte. Innerhalb von fünf Minuten hat er einen Stapel Teller runtergeschmissen, die Tomatensoße versalzen und sich beim Käsereiben eine Fingerkuppe weggesäbelt.

»Zwiebeln!«, brüllt Ibo, als er eine Schranktür aufmacht und einen Beutel mit alten, eingeschrumpften Zwiebeln findet. »Glaubt mir, Leute, Zwiebeln machen jedes Essen besser! Echt jetzt!«

»Ja, los, Mann!«, schreit Tolga und macht sich voller Elan ans Zwiebelschneiden.

Als mir einfällt, dass die Nudeln irgendwann abgegossen werden müssen, sind sie schon so weich, dass sie auseinanderfallen.

Vorsichtig koste ich. »Argh!! Die werden auch von Zwiebeln nicht besser. Wir müssen neue machen, definitiv.«

»Bist du dumm?«, schreit Ibo. »Willst du noch ma Supermarkt gehn, oder was?«

»Die haben alle Hunger«, sagt Theresa. »Die werden das schon essen.«

»Was ist jetz mit Zwiebeln, Digga?«, brüllt Ibo Tolga an.

Mit dem Zwiebelmesser in der Hand guckt Tolga uns mit zusammengekniffenen Augen an. Aus dem linken Auge läuft eine

Träne über sein Gesicht. »Irgendwie krieg ich die Zwiebeln nich klein!«

»Hä? Warum denn nich?!«

»Na, weil die groß werden!«

Alter, warum bin ich ausgerechnet mit den absoluten Kochkloppis in der Küchengruppe gelandet?!

»Mann, gib her, ich mach das!«, sage ich.

Autsch! Verdammt. Blut läuft meine Hand herunter und auf die Zwiebeln.

»Oooh, *Nelson*, Mann, pass auf, die *Zwiebeln!*«

»Ey, lass die Zwiebeln, die sind sowieso vergammelt. Such mal lieber Pflaster.«

Theresa findet einen Erste-Hilfe-Kasten und klebt Pflaster auf meinen Finger. Alex, Hamza und Julius reißen zum zwanzigsten Mal die Küchentür auf und fragen, ob das Essen fertig ist.

Wir sind völlig erschöpft. Und das soll Erholung sein!

Wir wischen uns den Schweiß von der Stirn und stellen den großen Topf mit Nudeln und den kleinen mit wässriger Tomatensoße auf die Theke vom Ausgabefenster.

Die anderen haben schon mitgekriegt, dass wir fertig sind. Als ob sie seit Tagen nichts gegessen haben, stürmen sie den Speisesaal. Herr Zimmermann sorgt mit viel Mühe dafür, dass sie sich in einer Art Reihe aufstellen. Dann packe ich Nudeln auf die Teller, Ibo gießt Soße darauf und Theresa streut Käse darüber.

Von Dankbarkeit jedoch keine Spur.

»Sieht voll aus wie matschiges Gehirn, echt jetzt. Also, nich wie Nudeln.«

»Kriegt man hier nich mal was zu trinken? *Tee?!?* Willst du mich umbringen, oder was?!«

»Was ist das Rote? Salzwasser mit Farbe drin?«

»Wenn's dir nicht passt, atme hier nicht die Luft weg!«, sage ich zu Karim. Er hat den Finger in die Soße getaucht und macht ein Gesicht, als wurde er gezwungen, verfaulte Eier zu essen.

»Egal!«, sagt er. »Aber geht mal morgen Abwaschgruppe, oder Kloputzgruppe. Das liegt euch eher, glaub mir.«

Ich sage nichts. Manchmal ist es besser, einfach wegzuhören.

11

NELSON

Das ist also unser erster Abend in der Jugendherberge. Angeödet hängen wir im Zimmer von Alex und Karim herum. Draußen regnet es.

Julius textet und versucht einen Rap zustande zu kriegen. Die anderen zocken.

Ich lese.

»Digga, wie lange regnet das denn *noch* hier?!«, sagt Karim. »In Holland ist bestimmt perfektes Wetter.« Er versucht einen Klimmzug am Türrahmen. Dann schnappt er seine Tasche und wirft sie ins unterste Schrankfach.

»Das is mein Fach, Digga«, sagt Alex.

»Und wieso soll das dein Fach sein?«

»Weil da meine Schuhe drinstehen. Du hast grad deine hässliche Tasche auf meine schönen Schuhe gestellt. Das geht nicht.«

»Beleidige nicht meine Tasche«, sagt Karim. »Das gibt sonst Ärger.«

»Passt schon«, meint Alex. »Wär ungünstig, wenn die Tasche besser aussieht als ihr Besitzer.«

Er steht von seinem Bett auf und zieht Karims Tasche aus dem Schrank. Dann begutachtet er seine Fußballschuhe und streichelt sie liebevoll.

»Du und deine Fußballschuhe!«, sage ich. »Das ist echt unnormal.«

»Unnormal ist auf Klassenfahrt fahren und dort Buch lesen, du Penner.«

Vor sich hin nörgelnd schiebt Karim seine Tasche unters Bett. Und zieht etwas anderes darunter hervor. Ein zerfleddertes Buch. »Ich hab was für dich, Nelson.«

»Oh Mann, nerv nich«, sage ich.

Karim hört mir nicht zu. Er blättert in dem zerfledderten Buch. Dann schreit er entzückt: »Ey Leute, kennt ihr Siri?«

»Die App, die auf jede bekloppte Frage eine Antwort hat?« sagt Alex. »*Zu* öde, Digga!«

Tolga reißt den Mund auf und gähnt demonstrativ. »Was ist der Sinn des Lebens?«, fragt er mit Mädchenstimme und gibt sich selbst die allgemein bekannte Antwort: »›Es spricht alles dafür, dass es Schokolade ist.‹ – Ey Karim, Siri ist *zu* out, echt jetzt!«

»Leute«, sagt Karim theatralisch, »*das* ist Siri. Die *neue* Siri.«

Er wedelt mit dem zerfledderten Buch herum und schließt geheimnisvoll die Augen. »Wird Ilkay für Deutschland das entscheidende Tor machen?«

Dann schlägt er irgendeine Seite auf und liest vor: »›Übe dich in Geduld. Gras wächst nicht, wenn man daran zieht.‹ – Geil, Leute! Passt perfekt! Wenn ich Geduld habe, werde ich es erfahren. Wie lange isses noch bis siebzehnter Juni? Vier Wochen ungefähr. Und dann erfahren wir's.«

Hamza lacht. »Und vorher war dir das nich klar?! Dass du einfach nur bis siebzehnter Juni warten musst, um zu erfahren, was da passiert?«

Karim blättert. »Was könnte man sonst noch fragen?«

Julius nimmt ihm das Buch aus der Hand. »Zeig mal her den Scheiß. ›Lustiges Orakel. Erhalte hilfreiche Tipps für jede Lebenslage.‹ *Mega*cool!« Er feuert Karim das Buch ins Gesicht. »Hier, du Orakelfreak!«

Gekränkt hebt Karim es vom Boden auf. »Das *ist* cool. Hm … Ist Julius so dumm wie pickelig?«

Er schlägt eine neue Seite auf und liest: »›Alles ist nur eine Frage der Perspektive.‹ *Ha ha ha!* Alles nur eine Frage der Perspektive, Julius! Aus der Perspektive einer Amöbe bist du wahrscheinlich nicht dumm.«

»Ist der bescheuertste, dümmste und hässlichste Lappen in diesem Raum Karim?«, ruft Julius, schnappt das Buch und schmeißt es aus dem Fenster.

»Alter!!«, brüllt Karim. »Also, *ich* würd mir's mit einem Orakel lieber nicht verscherzen!« Er guckt aus dem Fenster. Theo und Marvin kicken im Nieselregen auf dem Hof.

»Schmeiß ma rauf, Marvin!«, schreit Karim.

»Bin ich dein Knecht, oder was?«

»Mann, schmeiß doch ma rauf!«

Wir drängeln uns am Fenster und gucken zu, wie Marvin das Buch aufhebt und verächtlich sagt: »›Lustiges Orakel. Erhalte hilfreiche Tipps für jede Lebenslage.‹ Was soll'n das für Müll sein?!«

»Du musst eine Frage stellen und dann irgendeine Seite aufschlagen! Das is'n Orakel!«, ruft Karim hilfsbereit.

»Wann wird Karim endlich eingeliefert? Ach nee, nachgucken brauch ich da nicht. Wird schon bald so weit sein.« Marvin grinst und schmeißt das Buch hoch.

Ein paar Seiten lösen sich und segeln nach unten. Karim greift daneben und das Ding landet wieder auf dem Hof. Theo hebt es auf. »Is Karim zu blöd zum Fangen?« Er bricht in lautes Gelächter aus und schleudert das Buch wieder nach oben.

Lässig fange ich es mit der linken Hand. »Ich helf dir mal.«

Karim schnappt sich das Buch. Er ist richtig in Fahrt gekommen. »Wie viele Pornos guckt Nelson pro Tag?«

Ich reiße ihm das Buch weg. »Wie viele Gehirnzellen hat Karim in seinem hässlichen Schädel?«

Mir reißt Tolga das Buch weg. »Ist Herr Zimmermann schwul?«

Die anderen brechen in wildes Kreischen aus. »Ja, guck das mal nach! Guck das mal nach!«

Tolga, Julius und Karim versuchen gleichzeitig, eine zufällige Seite aufzuschlagen.

»Zwei mal zwei ist vier, die Erde ist eine Kugel, und manche Dinge liegen auf der Hand«, liest Karim vor.

Das Gekreische wird ohrenbetäubend. »*Krass!* Die Schwuchtel ist *wirklich* schwul!! *Zu* geil!!«

Julius hält sich den Bauch vor Lachen und schmeißt sich aufs Bett.

Karim quietscht vor Begeisterung und schreit: »Sag ich doch!! Das ist ein richtiges Orakel!!«

Tolga und Alex liegen sich halb weinend in den Armen.

»Ha ha ha!«, ich schlage Hamza auf den Rücken. »Die Schwuchtel ist schwul!!«

Hamza grinst ein schiefes Grinsen. Dann schaut er aus dem Fenster. »Ey, Nelson. Lass kicken gehn.«

Es hat aufgehört zu regnen.

O. k., dann kicken.

Außer Atem vor Lachen stolpere ich neben Hamza die Treppe runter.

»Hamza …«

»Hm?«

»Denkst du echt, der is schwul?«

»Klar is der schwul.«

»Denkst du echt jetzt??«

Wir stehen auf dem Hof. Es ist feucht und schön. Hamza nimmt einen tiefen Atemzug frische Luft.

»Wieso denkst du das?«, frage ich kichernd.

Hamza sieht mich an. »Nelson, du bist so bekloppt manchmal.«

»Hä??«

Marvin kickt den Ball zu uns rüber. Hamza stoppt ihn und lässt ihn auf den Zehen hüpfen.

»Wieso bekloppt?!«, frage ich.

Hamza kickt den Ball zu Theo. »Das Orakel hat es doch gesagt.«

Es macht Spaß, in der Dämmerung zu kicken. Irgendwann verziehen sich Theo und Marvin aber, und da gehen Hamza und ich hinter die Jugendherberge, wo an einer Stelle dicht an der Hauswand der Boden platt getrampelt ist und hier und da Zigarettenstummel herumliegen. Direkt über uns ist das Fenster von unserem Zimmer. Hamza zieht seine Kippen aus der Hosentasche und zündet sich eine an. Seine Augenbrauen sind zusammengezogen und er sieht angespannt aus irgendwie. Ich will gerade fragen, ob alles o. k. ist, da lacht er plötzlich. »Irgendwie hast du schon recht, Nelson«, sagt er, »mit Marie, meine ich.«

Das trifft mich völlig unvorbereitet. »Hä?«, ist das Einzige, was ich darauf antworten kann.

»Echt, sie hat was!«, sagt Hamza. »Am Anfang hab ich das gar nicht gleich so gemerkt, aber sie ist echt anders als die anderen.« Er sieht mich nicht an, sondern guckt irgendwohin in die Ferne und sagt: »Wenn sie auf dich steht, isses natürlich o. k., da werd ich mich nich reinhängen. Aber falls nich … ma gucken.«

Ich gebe keine Antwort darauf. Hamza schmeißt seine Kippe auf den Boden und schweigend gehen wir hoch in unser Zimmer. Ich habe *zu* schlechte Laune. *Keine Chance*, kann ich die ganze Zeit nur denken, *gegen Hamza hab ich keine Chance*. Ich setze Kopfhörer auf, lege mich aufs Bett und höre Musik, Hamza ritzt was in die Tischplatte.

Es ist schon spät, als er mir plötzlich die Kopfhörer aus den Ohren reißt. »Nelson, Digga! Jetzt tick doch nich gleich aus, Alter! Ich hab gesagt, wenn sie auf dich steht, dann werd ich mich nich reinhängen!«

Ich richte mich auf und sehe ihn eine Weile ernst an. Dann frage ich: »Kann ich mich darauf verlassen?«

»Ja doch, Digga«, sagt er. »Ehrenwort.«

12

MARIE

Für den ersten Tag in Mecklenburg-Vorpommern hat Herr Zimmermann sich etwas *total Tolles* ausgedacht: Die Besichtigung einer Ziegelbrennerei, yeah.

Wir laufen den Weg zur Landstraße hoch. Alles um mich herum – die weißen Blüten rechts und links, Nelsons freudiges Gesicht – strahlt Idylle pur aus. Ein paar Schritte vor mir läuft Gülcan, neben sich Theresa und Isabel. Sie unterhalten sich, worüber, weiß ich nicht, und es ist mir auch egal.

Selbst Gülcan zieht heute Theresa und Isabel mir vor, denke ich schlecht gelaunt, aber gerade da kommt sie zu mir gelaufen und legt den Arm um mich. »Komm doch mit zu uns!«

»Ich hab keine Lust, mich zu unterhalten.« Es klingt verstockt, und auf einmal bin ich den Tränen nahe. Ich kann an nichts anderes denken als an Nelson, der weiter vorne vergnügt mit Djamila flirtet.

»Du kannst doch einfach zuhören …« Gülcan zieht mich mit.

Gülcan. Ich bin so froh, dass ich sie habe. Sie lässt mich auch dann nicht im Stich, wenn ich gesprächig bin wie ein toter Fisch und unterhaltsam wie eine gereizte Kobra.

Die drei reden über frühere Klassenfahrten und unsere Mitschüler, und mit halbem Ohr höre ich dabei zu. Mit Gülcans Arm um meine Schultern und dem Geplauder an meiner Seite finde ich die Welt wieder etwas erträglicher. Auf der Landstraße duftet es nach Lindenblüten. Die Vögel zwitschern, als hätten sie den Verstand verloren.

Das Einzige, was den paradiesischen Eindruck stört, ist meine eigene Weltuntergangsstimmung. Und die Wahlplakate, mit denen die Alleebäume zugepflastert sind:

DEUTSCHE KINDER BRAUCHT DAS LAND, SONST GEBEN WIR ES AUS DER HAND!

oder:

NATÜRLICH DEUTSCH!

oder auch:

NATÜRLICH BLOND!

Auf einem anderen ist eine alte Frau zu sehen, die ihre Augen auf eine Weise aufreißt, die nur eine Vermutung zulässt: Sie ist soeben Hannibal Lecter über den Weg gelaufen und bloß einem Wunder ist es zu verdanken, dass sie die Begegnung unbeschadet überstanden hat.

Aber es war doch anders, wie der fette Schriftzug aufklärt. Anscheinend haben nämlich irgendwelche treudoofen deutschen Politiker die Rente der Dame an gierige, nimmersatte Roma-Kinder verfüttert:

GELD FÜR DIE OMA STATT FÜR SINTI UND ROMA!

Verstohlen schaue ich zu Isabel.

Das Plakat hat sie auch gesehen, doch anmerken lässt sie sich nichts.

Jemand spießt mir den Zeigefinger zwischen die Rippen – natürlich Ibo. Frech grinsend zeigt er auf das nächste Plakat: »Guck mal, Marie!«

Ich sehe zwei Frauengesichter, eine Muslima mit verschreckten Augen in Burka und eine Blondine, anscheinend eine »typische Deutsche«. Der Slogan dazu lautet:

MARIA STATT SCHARIA!

»Bist du das, oder was?« Ibo bricht, auf die Blondine deutend, in wildes Gelächter aus.

»Spinnst du?!« Gülcan zieht mich an sich, doch wie immer äfft Ibo sie nur nach: »Spinnst du? Ha ha, Maria statt Scharia, *zu* geil!«

Ich suche nach geeigneten Worten, um ihm mitzuteilen, dass er abziehen und anderen Leuten auf den Geist gehen soll, doch ich spüre nur die Röte in meinem Gesicht. Also sehe ich zu Boden und trotte weiter. Am nächsten Plakat jedoch kann ich nicht anders, als es mir anzusehen:

GUTE HEIMREISE!

Darunter ist die Karikatur einer Frau in Kopftuch, eines Mannes in Turban und eines Afrikaners, alle drei auf einem fliegenden Teppich sitzend.

Ich denke an Nelson. Wie ich von Gülcan weiß, war sein Papa, der vor zwei Jahren gestorben ist, aus Kamerun.

Obwohl ich mit den Plakaten, die hier jeden einzelnen Baum verunstalten, nichts zu tun habe, schäme ich mich für sie.

»Wer um alles in der Welt hatte eigentlich die unsagbar bescheuerte Idee, nach Mecklenburg-Vorpommern zu fahren??«, frage ich Gülcan.

Sie schaut mich verwundert an, und da fällt es mir selbst ein, dass wir ja hier sind, weil Barin nicht ins Ausland darf.

»Na, Frau Häuser«, sagt Gülcan. »Aber die Idee, eine Ziegelbrennerei zu besichtigen, stammt von Herrn Zimmermann. Junge, was haben wir bloß für Lehrer!« Sie verdreht die Augen und seufzt übertrieben, und das heitert mich ein ganz kleines bisschen auf.

Wie wir bereits geahnt haben, ist die Ziegelbrennerei nicht gerade ein Highlight der westlichen Hemisphäre. Ein Mann mit Bierbauch erklärt uns, wie hier früher Ziegel hergestellt wurden, ohne zu bemerken, dass das überhaupt niemanden interessiert. Nur Herr Zimmermann sieht aus, als habe er noch nie so etwas Verrücktes gehört.

Hätte ich doch in Hamburg bleiben können. Etwas Traurigeres als diese Ziegelbrennerei kann ich mir nicht vorstellen.

Die Klasse ist merklich geschrumpft. Nelson hat sich schon mit ein paar anderen Jungs nach draußen verdrückt.

»Herr Zimmermann, ich geh Klo!«, sagt Duygu.

Herr Zimmermann ist so fasziniert, dass er sogar vergisst wie üblich »zur Toilette!« zu sagen.

Duygu schlüpft nach draußen, Djamila hinterher.

»*Endlich* erfahre ich mal was über Ziegel!«, sagt Gülcan. »Die haben mich schon *immer* brennend interessiert.«

Als wir es überstanden haben, machen wir auf einer Wiese hinter der Ziegelei ein Picknick. Wundersamerweise sind zum Picknick alle wieder da. Wie um mich selbst noch extra zu quälen, beobachte ich Nelson, wie er sich mit Djamila neckt.

»*Ziegel,* Digga!«, schreit Julius. »Voll unnötig! Morgen gehn wir aber nirgends hin, Herr Zimmermann, oder? Tun Sie uns das nich an!«

»Morgen besuchen wir doch das Barockschloss!«, sagt Herr Zimmermann. »Das wird bestimmt *noch* interessanter!«

Hätte ich doch bloß in Hamburg bleiben können.

13

MARIE

Hinter Gülcan stehe ich in der kreischenden, schubsenden Schülerschlange vor der Essensausgabe.

Mal sehen, was die Küchengruppe heute fabriziert hat. Die gestrigen Nudeln wären allerdings schwer zu toppen – irgendwann ist schließlich auch nach unten hin Schluss.

Es ist Nelson, der das Essen auf die Teller patscht. Ich hoffe, dass er mir auf seine unnachahmliche Art zulächeln wird, wenn ich an die Reihe komme.

Ich bin wütend auf mich selbst, dass derlei Gedanken in meinem Kopf herumkreisen. Wann werde ich es endlich einsehen? Der Junge ist vergeben, er steht auf langhaarige Supermodels und nicht auf langweilige Streberinnen. Er ist zu cool für –

»Das ist ja eklig, was soll denn das sein??«, quietscht Djamila, die gerade ihren Teller in Empfang nimmt. Ich kann nicht genau sehen, ob das Essen wirklich so furchtbar aussieht, doch ihrem Gezeter nach zu urteilen, ist es etwas, das man nicht einmal Mastschweinen zumuten würde.

Also haben sie es doch geschafft, die Nudeln zu toppen.

»Dann nich!«, sagt Ibo und nimmt Djamila ihren Teller wieder weg.

»Pff, das Zeug würd ich eh nicht essen! Hab mich gestern schon fast vergiftet.« Djamila dreht ab und will aus dem Saal gehen, wird allerdings von Herrn Zimmermann aufgehalten und in eine Diskussion verwickelt.

Ibo grinst und Gülcan, die Nächste in der Reihe, greift nach dem verschmähten Teller. Aber Ibo sieht mich an, und ein Leuchten geht über sein Gesicht. Ein fieses, gemeines Ibo-Leuchten.

»Wart's ab«, sagt er zu Gülcan. Den Teller drückt er stattdessen mir in die Hand. »›*Natürlich blond*‹ kommt natürlich zuerst!«, sagt er laut, eines dieser rassistischen Plakate zitierend, und dazu macht er eine affige kleine Verbeugung. Neben ihm steht Nelson mit einer Kelle voller zermatschter Kartoffeln in der Hand und sieht mich an.

Mir schießt das Blut in den Kopf und die Tränen in die Augen.

»Guten Appetit, Strebe–«, will Ibo hinterherschieben, als ich den Teller auf die Theke pfeffere, sodass die grünbraune Soße in alle Richtungen spritzt. Ich kann mich gerade so zurückhalten, ihm das Zeug nicht über sein obercooles T-Shirt zu schütten. Gülcan stößt einen kleinen Schrei aus und sieht, mit grünbrauner Soße auf der Stirn, entsetzt zwischen mir und Ibo hin und her. Ich marschiere aus dem Saal, an Djamila und Herrn Zimmermann vorbei, die mich beide mit großen Augen anschauen, sie belustigt, er bestürzt. Sie sind mir alle egal, diese ganze, blöde Klasse ist mir egal.

Mit dem Handrücken wische ich mir über die Augen, stapfe die Treppe nach oben, knalle die Zimmertür hinter mir zu und werfe mich auf mein Bett.

Es dauert nicht lang, und die Tür geht leise wieder auf. Gülcan setzt sich auf die Bettkante und streichelt mir vorsichtig über den Rücken. »Mach dir nichts draus, Marie!«

Ich schnaufe empört. »Wie, ›Mach dir nichts draus‹!? Weißt du, wie ätzend das ist, ständig wegen seiner Haarfarbe diskriminiert zu werden?!«

»Dafür steht nicht auf Plakaten, dass du nach Hause fliegen sollst«, sagt Gülcan leise.

Das pikst ein bisschen.

»Ich kann auch nichts dafür, dass diese Plakate hier rumhängen! Wieso macht mich jeder dafür verantwortlich!?!«

Gülcans Streicheln stockt kurz. »Hab ich dich dafür verantwortlich gemacht, oder was?«

»Klang so.«

Sie atmet hörbar aus. »Ich will nur sagen, dass du nicht die Einzige bist, die wegen irgendwas diskriminiert wird.«

Ich bin noch mehr gekränkt.

Gülcan streichelt mich wieder. »Na komm. Wir müssen noch was essen.«

Doch auf von Ibo gekochtes Essen kann ich gerne verzichten.

»Man müsste was dagegen tun …« Ich setze mich auf.

»Wogegen? Gegen Ibo?«

»Das auch. Aber ich meine die Plakate.«

Gülcan lacht, ein wenig bitter. »Was willst du denn dagegen tun …?!«

Ich habe schon einen Plan, und voller Tatendrang setze ich ihn Gülcan auseinander.

»Auf gar keinen Fall!«, sagt sie entschieden, als ich fertig bin.

Das war ja wieder mal klar.

»Mann, Gülcan! Eben hast du noch gesagt, du fühlst dich diskriminiert und man sollte was dagegen tun!«

»Dass man was dagegen tun sollte, hast *du* gesagt.«

»Ach! Du willst dich also weiterhin schön diskriminiert fühlen? Sich diskriminiert fühlen, aber blooß nichts dagegen tun, ja??«

Sie schweigt.

»Traust du dich nicht, für dich zu kämpfen, oder was?!«

Sie schweigt.

»Oh Mann. Das ist echt mal wieder typisch. Du bist ein Feigling, Gülcan.«

»Das ist nicht erlaubt«, sagt sie leise.

»Was meinst du, wer soll denn für dich kämpfen, wenn du's nicht tust?!«

Sie kann mich nicht zuerst angreifen und sich dann drücken, bitte schön.

Doch Gülcan schweigt.

»Gülcan«, sage ich ruhig, »wenn du auch nur ein bisschen Selbstrespekt hast, dann kommst du mit.«

Sie lehnt sich zurück und verschränkt die Arme.

»Gülcan … wir müssen jetzt los, sonst ist es zu dunkel.«

»Ich komme nicht mit!« Sie scheint beleidigt zu sein, wahrscheinlich, weil ich ihr mangelnden Selbstrespekt unterstellt habe.

Doch darum kann ich mich jetzt nicht kümmern.

»Gut«, ich klettere vom Bett. »Dann bleib eben hier. Halte dich an das, was ›erlaubt‹ ist. Wir sehen uns später.« Ich hole meine Eddings aus dem grünen Koffer, verlasse, ohne mich noch einmal umzusehen, unser Zimmer, laufe die Treppe hinunter und mache mich auf den Weg zur Landstraße.

NELSON

»Bist du krank, Alter?«, sage ich zu Ibo.

Das Abendessen ist vorbei, und wir hängen auf dem Hof herum. Hamza, Marvin und Theo kicken wieder.

Alex, Julius und Karim versuchen, kleine Steinchen in ein Fenster im ersten Stock zu werfen.

Und ich habe eine Rechnung mit Ibo offen.

Er sitzt mit Tolga auf der Bank neben der Haustür und zockt.

Normalerweise lasse ich, wie die meisten, Ibo einfach in Ruhe. Wir wissen, dass er sich regelmäßig über irgendetwas aufregen muss, und dass, wenn er einen seiner Wutanfälle hat, man da am besten nicht versucht, irgendwie einzugreifen. Einem Tornado kannst du auch nicht sagen: Jetzt beruhig dich mal wieder. Und, auch wenn es inzwischen fast fünf Jahre her ist, ich habe nicht vergessen, was er damals mit mir gemacht hat, und wie er die ganze Klasse gegen mich aufgehetzt hat. Ich weiß auch nicht, ob ich es jemals vergessen werde.

Aber dass er sich jetzt Marie rausgepickt hat … Ich sehe vor mir, wie ihr die Tränen in die Augen schießen, wie sie erst ihn, und dann mich angeschaut hat, so hilflos, rot und verwirrt …

»Bist du jetzt völlig krank, Alter?«, sage ich noch mal. »Lass gefälligst Marie in Ruhe!«

Er guckt nicht einmal hoch. »Was is dein Problem?«

»Dass du ein Arschloch bist, das ist mein Problem, Kleinhirn.«

»Krieg dich ein, Digga.« Er zockt einfach weiter, als wäre alles normal.

»Ich krieg mich nicht ein!!«

Ibo guckt hoch und grinst. »Stehst du auf die Streberin, oder was? Ha ha, *zu* lustig!«

Der Typ macht mich einfach krank.

Ich beherrsche mich und sage sehr langsam: »Wenn wer wegen seinem Aussehen gemobbt wird, dann ist das Rassismus. Und es ist egal, um wen es geht.«

Ibo lehnt sich zurück und grinst noch mehr. Es sieht aus, als ob er Spaß an der Diskussion gefunden hat. »Und wenn ich zu Tolga ›Glubschauge‹ sage, ist das auch Rassismus, oder was?!« Er dreht sich zu Tolga, der gespannt darauf wartet, was passiert: »Ey, Glubschauge, Nelson steht auf die Streberin! Ha ha, *zu* lus–«

»Ibo, du Vollidiot. Ist mir egal, was jetzt Rassismus ist oder nicht. Aber mir ist nicht egal, ob du Marie fertigmachst.«

»Der Scheißafrikaner steht auf die Scheißstreberin. Ich fass es nich.«

Ich fange allmählich an zu kochen.

Hamza ist näher gekommen. »Hör auf, Nelson. Hör einfach nich hin.«

Er weiß genauso gut wie ich, dass man mit einem Tornado nicht diskutieren kann.

»Komm, Nelson«, sagt Alex, der jetzt auch hinter mir steht. »Wenn du dich jetzt mit dem fetzt, wirst du nach Hause geschickt, das lohnt sich nicht.«

Nein, das lohnt sich nicht.

Aber trotzdem.

»Lass sie einfach in Ruhe«, sage ich so ruhig ich kann.

Dann drehe ich mich um und gehe weg.

Ich hab mich schon öfters gefragt, ob es wirklich meine Hautfarbe war damals.

Jetzt weiß ich es – ja, es war meine Hautfarbe. Die fiel halt irgendwie auf. Aber wäre es nicht meine Hautfarbe gewesen, dann hätte er sich von irgendetwas anderem provoziert gefühlt. Vielleicht von der Farbe meiner Schuhe. Oder der Farbe der Schuhe von jemand anderem. Jetzt sind es eben blonde Haare, auf die er nicht klarkommt.

Ibo fühlt sich provoziert, wenn jemand einfach irgendwie anders ist als er selbst. Egal, ob du schwarz bist, ob du blonde Haare hast oder einfach nur schlauer bist als er. Er wäre wahrscheinlich dann am zufriedensten, wenn auf der ganzen Welt nur Klone von ihm selbst herumlaufen würden.

14

MARIE

Glänzend gelaunt erreiche ich den ersten Baum. Für mindestens die Hälfte der Plakate sind mir schon passende Bildunterschriften eingefallen. Ich fühle mich wie Robin Hood: Marie Stadler, Rächerin der Unterdrückten und Geächteten.

Ein blondes Kind lächelt mir zu, darunter verkündet der Schriftzug: NATÜRLICH DEUTSCH!

»Dumm wie Brot? Hauptsache, NATÜRLICH DEUTSCH!«, sage ich zu mir selbst, denn so wird der Text in einer Minute lauten.

Jetzt muss ich nur noch irgendwie da hinaufkommen. Ich gehe einmal um den Baum. Die Rinde ist glatt, und die ersten Äste befinden sich weit oben.

Das Ganze ist schwieriger als gedacht. Irgendetwas, das man als Kletterhilfe nutzen könnte, ist nicht in Sicht.

Wenn Gülcan hier wäre, würde ich in ihre Handflächen steigen, und es wäre ganz einfach. Wozu hat man Freunde, wenn man im entscheidenden Moment dann doch auf sich allein gestellt ist?!

Doch so leicht gebe ich nicht auf. Erst, nachdem ich mich an einem Dutzend weiterer Bäume davon überzeugt habe, dass die Plakate mit voller Absicht so hoch oben angebracht wurden, dämmert mir, dass mein schöner Plan kläglich scheitern wird.

Ich kann mich aber nicht dazu entschließen, einfach unverrichteter Dinge wieder zur Jugendherberge zurückzugehen. So stehe ich ratlos am Straßenrand, starre in die Bäume, und wünsche, eine Leiter würde vom Himmel fallen.

Als ich plötzlich Schritte hinter mir höre, dazu ein klapperndes Quietschen, fahre ich erschrocken herum. Doch es ist nur ein Junge, vielleicht zwei-drei Jahre älter als ich, der ein kaputtes Rad neben sich herschiebt.

»Hi«, sage ich.

»Hi«, er lächelt schief. Er hat rote Haare und Millionen von Sommersprossen.

Einen Moment zögere ich noch, ihn um Hilfe zu bitten, im nächsten habe ich es schon getan. »Hilfst du mir? Bitte?«

Er bleibt stehen und schaut mich verständnislos an. Dann betrachtet er meine Arme und Beine. Offensichtlich vermutet er, ich sei verletzt.

»Ich muss da hoch«, ich zeige auf den nächstbesten Baum.

Sein Grinsen wird zu einem verdatterten Lachen. »Wie bist *du* denn drauf?!«

»Na, komm schon.« Ich bin ungeduldig. Schließlich muss ich irgendwann wieder zu den anderen zurück, und wahrscheinlich macht sich Gülcan auch schon bald Sorgen um mich, selbst, wenn sie beleidigt ist.

Er rührt sich nicht und scheint weitere Erklärungen zu erwarten.

»Könntest du bitte eine Räuberleiter machen?«, sage ich langsam und gebe mir Mühe, nicht allzu genervt zu klingen. Ich lege meine Hände ineinander, im Falle, dass er den Begriff nicht kennt, denn der Schnellste scheint er ja nicht zu sein.

»Hä? Wozu?!«

Ich verdrehe die Augen und seufze. Warum ist das alles so kompliziert?! »Ich muss dieses Plakat da kreativ umgestalten.«

Der Junge schaut mich amüsiert und zugleich abwehrend an. »Nee, du. Ich will keinen Stress, du.«

Mit Gülcan würde er sich gut verstehen, glaube ich.

Doch ich bin mittlerweile mit meiner Geduld am Ende. Da macht man sich schon mal auf, um die Welt zu verändern – und dann nichts als Hindernisse. Ich mache zwei Schritte auf den Rotschopf zu und strecke die Hand aus. »Darf ich dann dein Fahrrad borgen?« Es klingt mehr nach einer Anweisung als nach einer Frage.

Wider Erwarten zuckt er die Schultern, überlässt mir das Klappergestell und beobachtet mit in die Hosentaschen geschobenen Händen interessiert, wie ich das Rad durch das hohe Gras am Straßenrand schiebe und an einen Baum lehne.

Ich kümmere mich nicht weiter um ihn, sondern steige vorsichtig auf die Querstange. Das Rad rutscht weg und ich schürfe mir auf dem Weg nach unten die Handflächen auf.

»Autsch!«

Besorgt kommt der Rotschopf näher. »Alles okay? Das kann man ja nicht mit ansehen!« Er packt das Fahrrad, damit es Halt hat, an der Lenkstange und am Sattel und ich klettere wortlos wieder nach oben.

Endlich – ein Plakat mit der Aufschrift *Natürlich blond!* und einer Klischeeblondine prangt direkt vor meiner Nase. Ich überlege kurz, dann streiche ich das *n* weg und male zwei Pünktchen über das *o*.

Das Ganze dauert nicht länger als zwei Sekunden, und ich springe wieder ins Gras.

Der Rotschopf betrachtet mit schiefgelegtem Kopf mein Werk. »Das wird dem Torsten aber nicht gefallen!«

Es interessiert mich nicht, wer Torsten ist und was er von meiner, wie ich finde, ziemlich originellen Idee hält. Das Einzige, was ich momentan will, ist, dass der Rotschopf mich weiter begleitet, damit ich mithilfe seines Fahrrads meinen Rachefeldzug fortführen kann.

Ich überlege, wie ich ihn dazu bringen werde. Am besten, ich verwickle ihn in eine harmlose Plauderei. Wenn er dann gemerkt hat, dass ich gar nicht so unausstehlich bin, wie der erste Eindruck wahrscheinlich vermittelt hat, wird er bestimmt gerne mitkommen.

»Wer ist Torsten?«, frage ich höflich.

»Oh, shit!«, sagt der Rotschopf.

Er starrt zur Straße, auf der ein Auto heranrollt.

Es ist ein Polizeiwagen. Der Wagen hält, und breitbeinig steigen zwei Männer aus. Der eine ist groß und durchtrainiert, der andere klein und mollig und trägt einen Schnauzbart.

Der Rotschopf und ich stehen immer noch im Gras unter dem Baum, er klammert sich an sein Rad und scheint den Ernst der Lage schneller erfasst zu haben als ich.

Die beiden Polizisten kommen näher. Der mit dem Schnauzer macht den anderen mit einer leichten Kopfbewegung auf das Plakat aufmerksam. Sie tauschen einen bedeutungsschweren Blick.

Von oben bis unten mustern sie meinen Mitstreiter. Es wirkt frech, unverschämt sogar.

Mich ignorieren sie vorerst.

»Du bist doch der Tobi, wa?«, sagt der große, durchtrainierte. Mit über der Brust gekreuzten Armen schaut er auf uns herab.

Der Rotschopf nickt verängstigt.

»Der Bruder von der Susanne, wa?«

Der Rotschopf nickt wieder.

»Geile Braut, die Susanne. Na, mach, dass du wegkommst.«

Der Rotschopf zerrt sein Rad auf die Straße und läuft eilig davon, ohne sich noch einmal nach mir umzudrehen. Na toll.

Die beiden in Uniform wenden sich mir zu. Auch an mir gleiten ihre abschätzigen Blicke entlang. »Soso. Sachbeschädigung also! Das sind ja schöne Manieren.«

Ein ungläubiges Prusten kommt aus meiner Kehle. Sachbeschädigung? Wenn ich das Plakat *zerstört* hätte, könnte ich es nachvollziehen. Doch ich habe nur drei kleine Striche gemalt. Einen durch das *n*. Zwei über das *o*.

Genau das sage ich auch. Doch möglicherweise war das der falsche Schachzug. Die beiden werden plötzlich lebendig, geradezu aufgebracht.

Der mit dem Schnauzer packt mich am Arm und zieht mich auf die Straße. »Du hältst dich wohl für ganz schlau, wa!? Was Sachbeschädigung ist, das entscheiden immer noch wir!«

Das ist mir zwar neu, doch ich halte jetzt lieber den Mund.

»Kannst du dich ausweisen?«, fragt der große, durchtrainierte. Er hat sanfte Augen mit langen, geschwungenen Wimpern, die zu seinem kantigen Gesicht und den muskelbepackten Armen gar nicht so richtig passen.

»Den Ausweis hab ich in der Jugendherberge.«

»Jugendherberge! Also noch nicht mal von hier! Na, hätte mich auch gewundert. Die Leute hier wissen, was sich gehört«, sagt der mit dem Schnauzer.

Wieder halte ich besser den Mund, doch es nützt mir nichts.

Der Große öffnet die Autotür. »Dann steig mal ein, junge Dame!«

»Wegen drei Strichen?!«

»*Sachbeschädigung*, meine Liebe!« Für einen Moment schließt er bedauernd die langbewimperten Augen, so, als könne er beim besten Willen nichts für mich tun. »Sachbeschädigung ist kein Kavaliersdelikt.«

Ich steige ein, und wir rollen davon. Ich habe keine Ahnung, wohin.

Durch die abgedunkelte Scheibe sehe ich die mit Plakaten bestückten Alleebäume vorbeirasen. Ich habe Angst, aber zugleich fühle ich mich auch auf merkwürdige Art froh. Endlich habe ich mal etwas anderes gemacht als Lesen und Hausaufgaben und richtige Antworten zu geben und mich darüber zu wundern, dass die anderen sie nicht wissen und mich darüber zu ärgern, dass sie mich Streberin nennen! Gülcan hatte nicht den Mut, abends rauszugehen und sich gegen Diskriminierung zu wehren. Den großmäuligen Jungs in meiner Klasse sind die Plakate nicht einmal aufgefallen. Und wer weiß, ob *sie* sich das getraut hätten.

Vor einem niedrigen Gebäude mit Flachdach halten wir an, und der Durchtrainierte mit den geschwungenen Wimpern steigt aus und öffnet mir von außen die Autotür. »Dann wollen wir mal sehen, wer uns da ins Netz gegangen ist.«

Der Satz hat alles andere als beruhigende Wirkung auf mich. Ziemlich kleinlaut gehe ich zwischen den zwei Männern auf die Wache zu.

Durch einen mit Neonlicht ausgeleuchteten Flur kommen wir in ein Büro. Der mit dem Schnauzer setzt sich an den Schreibtisch und schaltet den Computer an.

»So!«, sagt er geschäftsmäßig. »Mal sehen, ob du im System bist. Name?«

»Marie Stadler.«

Er tippt und starrt dann konzentriert auf den Bildschirm, wobei der Große ihm über die Schulter schaut.

»Ah ja. Hier haben wir dich.« Der mit dem Schnauzer lehnt sich zurück und kreuzt die Arme über seinem beträchtlichen Bauch. Ungerührt studiert er mein Gesicht und meine Kleidung. »Hamburg also.«

Die beiden lassen sich Zeit. Ich durchschaue zwar ihre Absicht, mich mit Hilfe dieser Verzögerungstaktik einzuschüchtern.

Doch ungeachtet dessen erreichen sie ihr Ziel: Ich fühle mich ziemlich unwohl.

»Bist du mit der Klasse in der Jugendherberge?«, fragt der Große endlich.

Ich nicke.

»Lehrer auch dabei?«

»Ja.«

»Na, da fahren wir jetzt mal rüber. Dein Lehrer kann dann gleich deine Identität bestätigen. Nicht, dass du uns hier einfach den Namen einer Bekannten genannt hast. So was kennen wir ja.«

Oh Shit. Ich hatte bis zuletzt gehofft, aus dieser Sache herauszukommen, ohne dass Herr Zimmermann etwas davon erfährt.

Das frohe Gefühl hat sich in Luft aufgelöst und entmutigt stolpere ich wieder zwischen den beiden den Flur entlang. Schon sitzen wir im Auto und fahren Richtung Jugendherberge.

Ich frage mich, wie Herr Zimmermann reagieren wird.

Wahrscheinlich schickt er mich sofort nach Hause. Meine Mutter wird begeistert sein …

Mein Herz klopft laut gegen meine Rippen, als ich aus dem Auto klettere. Es ist inzwischen fast dunkel. Im oberen Stock brennt hinter einigen Fenstern Licht. Wer weiß, was die anderen so ausgeheckt haben, wo sie sich herumtreiben und was sie anstellen.

Eine einzelne Gestalt steht auf dem Hof und spricht in ein Handy – es ist Herr Zimmermann. Hastig legt er auf, als er mich aus einem Polizeiwagen steigen sieht. »Marie??«

Ich halte den Blick auf den gepflasterten Hof geheftet.

Plötzlich komme ich mir unendlich dumm vor. Wenn ich wenigstens etwas vorzuweisen hätte! Wenn oben an der Landstraße zwanzig, dreißig Plakate lustige neue Aufschriften hätten! Aber so?! Ein weggestrichenes n. Zwei Pünktchen über einem o. *Marie Stadler*, denke ich höhnisch, *Rächerin der Unterdrückten und Geächteten.*

»Sie sind der Lehrer der jungen Dame?«, fragt der mit dem Schnauzer.

Herr Zimmermann nickt. Offensichtlich hat es ihm die Sprache verschlagen.

»Da müssen wir uns wohl mal zusammensetzen!«

Herr Zimmermann geht vor uns her ins Haus und führt uns in den Speiseraum. Auf dem Weg dahin schaue ich mir sehr genau das im Flur ausgelegte Linoleum an, und hoffe auf einmal, dass meine Mitschüler alle in ihren Räumen und intensiv mit ihrem Kinderkram beschäftigt sind.

Wir lassen uns an einer Ecke des großen Tisches nieder, und ich studiere weiterhin die Muster im Fußboden.

»Das ist also Ihre Schülerin«, beginnt der Große, Durchtrainierte mit den geschwungenen Wimpern. Herr Zimmermann hat seine Sprache anscheinend noch nicht wiedergefunden, denn ich höre nichts.

»Können Sie uns ihren Namen nennen?«

»Ja, das ist Marie. Normalerweise ein sehr vernünftiges Mädchen.«

»Soso. Marie Stadler, ist das richtig?«

»Ja, das ist richtig.«

»Wir haben Marie dabei aufgegriffen, wie sie mutwillig ein Wahlplakat beschädigt hat. Wie allseits bekannt sein dürfte, ist Sachbeschädigung eine Straftat und wird als solche strafrechtlich geahndet …«

»Gibt es vielleicht noch eine andere Lösung?«, fragt Herr Zimmermann schüchtern.

Hoffnungsvoll wage ich einen Blick in die langbewimperten, trügerisch sanften Augen und sage: »Es wird nicht wieder vorkommen …«

»Das will ich doch hoffen«, sagt der Polizist, die Stimme sanft wie die Augen und dabei gefährlich wie die Kanten in seinem Gesicht. »Eine andere Lösung? Leider nein. Mein Kollege und ich würden uns strafbar machen. Strafvereitelung im Amt.«

Sie nehmen Herrn Zimmermanns Personalien auf, und mir sagen sie, dass ich mit Post rechnen soll.

Dann brechen sie auf.

Ich sitze mit meinem kopfschüttelnden Lehrer im Speiseraum.

»Was hast du dir denn bloß dabei gedacht?«

Gute Frage.

»Abgesehen von der Anzeige – was, wenn dir etwas passiert wäre?«

»Tut mir leid«, murmle ich.

Herr Zimmermann seufzt.

»Muss ich jetzt nach Hause fahren?« Sosehr ich mir gewünscht hatte, in Hamburg bleiben zu können, sosehr wünsche ich mir jetzt, hierbleiben zu dürfen. Den Tobsuchtsanfall meiner Mutter mag ich mir gar nicht vorstellen.

»Das würde ja auch nichts ändern.«

Also immerhin eine kleine Gnadenfrist.

»Danke, Herr Zimmermann.«

Er sitzt immer noch am Tisch und schüttelt den Kopf.

»Darf ich hochgehen?«

»Ja, mach das.«

»Gute Nacht, Herr Zimmermann.«

Auf der alten Kuckucksuhr im Hausflur ist es fast Mitternacht. Ich hoffe, dass Gülcan in unserem Zimmer ist. Ich habe das

Gefühl, dass ich vorhin vielleicht ein wenig unfair war, eventuell … Möglicherweise sollte ich mich bei ihr entschuldigen.

»Gülcan?«

Das Zimmer ist dunkel und still. Ich trete an Gülcans Bett und sehe im Mondlicht, dass es so leer ist wie mein eigenes.

Ich rufe sie von meinem Handy aus an – mit dem Resultat, dass hinter mir, wo neben der Tür ihre Jacke ordentlich am Haken hängt, Gülcans Handy klingelt. So ein Mist, sie hat ihr Handy nicht dabei.

Zurück im Flur höre ich gedämpftes Gemurmel aus dem einen oder anderen Raum. Ich suche die Mädchenzimmer ab.

Eins ist leer.

Im anderen sitzen Theresa, Isabel und Djamila kichernd auf dem Boden und tauschen irgendwelche Geheimnisse aus.

»Marie! Wo *wart* ihr?«

»Wieso *ihr?*«

»Na, Gülcan und du …?«

Ich gebe keine Antwort und mache die Tür wieder zu.

Aus einem der Jungenzimmer dringt Lärm. Fast die ganze Klasse ist dort versammelt. Als ich hereinkomme, schiebt Julius schnell eine Flasche unters Bett, auch Nelson schaut für einen Moment zu mir, ansonsten kümmert sich keiner um mich.

Gülcan ist nicht dabei.

Meine Unruhe nimmt zu.

Ich suche die Waschräume ab, dann laufe ich zum See.

»Gülcan!«, schreie ich. »Gülcan!«

Ich falle über eine Wurzel und zerkratze mir die Arme, aber es tut nicht weh. Was wehtut, ist das Klopfen meines Herzens und die Angst, die in meinen Ohren rauscht. »Gülcan!«

Als ich vom See zurück zur Jugendherberge laufe, fange ich an zu weinen.

15

NELSON

Ibo steht schwankend auf und erklärt lallend: »Ich geh Klo.«

Gleich darauf kotzt er vor Karims Bett.

Ich glaube, für mich ist der Moment gekommen abzuhauen. Ein Glück, dass wir nicht in unserem Zimmer gechillt haben! Kotzgeruch riecht man ewig, total ekelhaft.

»Ey, das marsdujezweck!«, höre ich Alex noch sagen. Dann mache ich leise die Tür hinter mir zu und schleiche durch den Flur. Herr Zimmermann hat zwar netterweise bisher nicht weiter rumgenervt, aber man weiß ja nie …

Hamza ist schon vor einer Weile pennen gegangen. Ich schätze, er liegt auf seinem Bett und zockt.

Aber unser Zimmer ist leer.

Ich schaue aus dem Fenster. Bestimmt steht er dort unten im Schatten an der Hauswand und raucht.

So ist es auch. Nur, dass er nicht raucht.

Ganz dicht stehen sie. Sie hat die Arme um seinen Hals geschlungen und presst sich an ihn. Er hält sie fest, fest, fest, und streichelt ihr mit einer Hand über den Rücken.

Die drei Sekunden, die ich regungslos an diesem Fenster stehe, fühlen sich an wie Sterben.

Rechts von mir höre ich Mädchen kichern. Das Fenster vom Nebenzimmer ist offen, und Djamila, Theresa und Isabel stecken die Köpfe heraus.

»Zu süß! Das ist Marie!! Und Hamza!!«

»Das erste Pärchen, jippieh!«

Die allerletzte Hoffnung, dass die zwei umschlungenen Figuren in der Dunkelheit da unten nicht das bedeuten, was ich befürchte, schwindet.

»Na ihr?«, ruft Djamila. »Alles gut bei euch? Lasst euch nicht stöööören!«

Hamza und Marie drehen die Köpfe nach oben, aber ich warte ihre Reaktion nicht ab. Ich laufe aus dem Zimmer und die Treppe hinunter, auf den Hof und in die Nacht.

Hamza!! Wie kannst du mir das antun?! Es tut so weh innen drin. Und was davon mehr wehtut, weiß ich gar nicht: Dass ich Marie liebe und sie einen anderen Jungen.

Oder dass Hamza sie mir eiskalt ausspannt.

Ich renne und renne.

Verdammt, erst gestern hat er mir versprochen, sich nicht reinzuhängen! Nur ein Tag ist vergangen, und es juckt ihn nicht mal.

Ich stolpere über ein Feld, ein stinkendes, hässliches Feld, genauso hässlich wie diese ganze Reise, wie mein Leben, wie dieses ganze, beschissene Universum.

Ich renne weiter und weiter. Ich sehe nicht, wohin, und es ist mir auch egal, denn in diese verdammte Jugendherberge und zu diesem Verräter, von dem ich glaubte, er sei mein bester Freund, will ich sowieso nicht mehr zurück.

Ich denke an Marie. Wie sie vor der Tafel stand, als sie neu in unsere Klasse gekommen ist. Dass ich vom ersten Moment an in sie verliebt war. Wie ich keine Sekunde mehr an etwas anderes denken konnte.

Ich hole mein Handy raus. Ich schaue mir das Bild von meinem Vater an. Lächelnd sieht er mir genau in die Augen. Ruhig und stark sieht er aus.

Ich habe solche Sehnsucht nach ihm. Ich wünschte, er wäre hier und würde den Arm um meine Schultern legen und sagen, dass er auch so was durchgemacht hat und dass das Leben manchmal schwer ist und dass Liebeskummer vergeht und dass auch ich irgendwann glücklich sein werde. So wie er mit Mama.

Ich wische mir über die Augen. Dann renne ich weiter, und irgendwann bin ich außer Atem und die Tränen sind weg. Ich bin nur noch wütend, so unglaublich wütend bin ich. Mein bester Freund schnappt mir meine große Liebe weg, ich könnte die ganze Welt kaputt schlagen!

Ich hole mein Handy wieder raus und öffne das Bild von Marie. Es ist das einzige Bild, das ich von ihr habe.

Ich bleibe stehen und schaue es noch einmal ganz genau an. Ein letztes Mal.

Dann lösche ich es. Und dann lösche ich jedes einzelne Bild, das ich von Hamza habe. Es sind Hunderte. Und danach fühle ich mich so allein wie noch nie.

Als ich zurückkomme, schläft Hamza. Ich kann es immer noch nicht so richtig glauben. Wenn ich von einem nicht gedacht hätte, dass er ein ehrloser Verräter ist, dann von Hamza.

16

NELSON

Ich wache von Rapmusik auf und ziehe mir die Decke über den Kopf. Es gibt nichts auf der Welt, das mir Laune auf diesen Tag machen könnte. Soll Herr Zimmermann alleine zu seinem Scheißschloss wandern. Ich jedenfalls bleibe hier. Das Allereinzige, was ich mir noch halbwegs vorstellen kann, ist, in diesem Bett zu liegen, mich mit Youtube-Videos abzulenken und irgendwie zu versuchen, darauf klarzukommen, dass ich das Mädchen, das ich liebe, für immer verloren habe.

Hamza zieht mir die Decke weg. Sein Grinsen mit den blitzend weißen Zähnen macht mich rasend. Ich reiße ihm die Decke aus den Händen.

»Was'n los, Digga?«, fragt er.

»Du wusstest, dass ich was von ihr will!«

Er guckt verdutzt. Dann lacht er. »Wegen Marie, oder was?«

Ich antworte nicht.

Er grinst. »Bruder vor Luder, Nelson!«

Ich bin fassungslos. Im nächsten Moment stürze ich mich auf ihn. »DU VERRÄTER!!! SIE IST KEIN LUDER!!! UND DU BIST KEIN BRUDER!!!«

Ich schlage zu. Erst im letzten Moment nehme ich die Wucht etwas zurück, automatisch, irgendetwas erinnert mich daran, dass er ja doch mein bester Freund ist. War.

Hamza ist weiß im Gesicht. Seine Augen glühen wie Funken. Seine Fäuste sind geballt, aber er schlägt nicht zurück.

Unsere Freundschaft liegt zerbrochen am Boden. Ich steige wieder ins Bett und drehe mich zur Wand.

»Bist du jetzt völlig durchgeknallt, oder was?!«, faucht Hamza.

Ich gebe keine Antwort.

»Du bist komplett gestört, Alter! Verstrahlter Volltrottel, verdammt!!« Hamza tritt irgendwo gegen. Krachend fällt ein Stuhl um.

Dann bin ich allein.

Herr Zimmermann steckt den Kopf ins Zimmer: »Beeilung, Nelson! Du bist in der Küchengruppe!«

»Kopfschmerzen.«

Gnade ihm Gott, wenn er mich jetzt nicht in Ruhe lässt.

Er lässt mich in Ruhe.

MARIE

»Frühstück is fertig!«, brüllt Theo über den Flur und hämmert zweimal gegen unsere Tür.

Es dauert ein paar Sekunden, bis ich zu mir gekommen bin, doch dann fällt mir alles wieder ein.

Mein genialer Plan. Die Landstraße und der Rotschopf mit dem kaputten Fahrrad. Der durchtrainierte Polizist mit den sanften Augen und der dicke mit dem Schnauzer. Die Polizeistation. Die nächtliche Runde mit Herrn Zimmermann im Speisesaal.

Gülcan von Pädophilen entführt und jugendlichen Nazis zusammengeschlagen.

Erstaunlich, wie glücklich man darüber sein kann, dass einfach alles so ist wie immer!

Mich über die Bettkante lehnend werfe ich einen Blick auf

die untere Etage, wo tief schlafend und mit wirrem Haar meine beste Freundin liegt.

Sie war mir einfach nur, vom schlechten Gewissen getrieben, hinterhergegangen. Das Problem bestand nur darin, dass sie oben an der Landstraße in die falsche Richtung abbog.

Jetzt, bei Tageslicht und im sicheren Wissen, dass Gülcan im Bett unter mir liegt, erscheint es mir völlig logisch, dass sie mir hinterhergehen würde, und beinahe albern, dass ich so wahnsinnige Angst um sie hatte.

Aber mitten in der Nacht und gerade aus Staatsgewalt entlassen, sah das ganz anders aus. Als ich Rotz und Wasser heulend vom See zurückkam, muss ich so fertig ausgesehen haben, dass Hamza – Hamza! – es offensichtlich für das einzig Richtige hielt, mich erst einmal in den Arm zu nehmen. Hätte ich nicht gedacht, dass er so nett sein kann.

Als ich schließlich in der Lage war, die Situation zu erklären, überlegte er mit mir zusammen, wo man noch nachsehen könnte.

Zuerst durchsuchten wir den Keller. Der ist mit altem Plunder vollgestellt und voller Winkel, in denen man sich verstecken kann. Wir leuchteten mit unseren Handys in alte Schränke und unter kaputte Billardtische und riefen Gülcans Namen. Doch relativ bald war klar, dass im Keller niemand ist.

Aber gerade, als wir die Treppe wieder hochgingen, öffnete sich leise die Haustür. Herein schlich Gülcan.

Entschuldigungen stammelnd fielen wir uns in die Arme.

Den Rest der Nacht saßen wir auf dem Bett, eng umschlungen, schworen uns, nie wieder zu streiten, und erzählten uns gegenseitig in allen Details unsere Abenteuer.

»Frühstück is fertig!«, hört man Theo wieder über den Flur brüllen, und dann Getrampel und Kreischen und die alles übertönende raue Stimme Ibos.

Ich schaue wieder über die Bettkante und beobachte, wie Gülcan sich seufzend auf den Rücken dreht und die Augen öffnet. Sie grinst, als sie mich sieht. »Na, du Schwerverbrecherin!«

Ich bin so froh, dass ich sie küssen könnte.

Meine beste Freundin ist am Leben, es geht ihr gut, und sie ist bei mir. Was ist dagegen schon ein Mitschüler namens Ibo oder eine unbedeutende Kleinigkeit wie eine polizeiliche Anzeige?!

»Na? Alles cool?«, fragt Hamza mich im Speisesaal und zwinkert mir zu.

»Ja, alles cool«, ich lächle dankbar. »Ich weiß gar nicht, wann ich das letzte Mal so froh war.«

»Dann is ja gut.« Er macht eine Kopfbewegung Richtung Ibo: »Übrigens – wenn der Idiot dort wieder Stress macht, sag's einfach mir.«

»Okay. Mach ich. Danke.«

Wow. Manchmal passieren komische Sachen. Ich schaue mich vorsichtig um und bemerke, dass die anderen mich gleich mit mehr Respekt ansehen, weil Hamza mit mir geredet hat.

Auf dem Weg zu dem historischen Barockschloss, das wir heute besichtigen, laufen Gülcan und ich die ganze Zeit zusammen. Manchmal halten wir uns an den Händen. Und ab und zu taucht Hamza neben uns auf, macht einen Witz oder bietet uns Schokoriegel an. Und die anderen registrieren es, und als wir an Wahlplakaten vorbeikommen, auf denen steht, dass das Land blonde deutsche Kinder braucht, spießt keiner seinen Zeigefinger zwischen meine Rippen.

NELSON

Irgendwann muss ich doch aufstehen. Ich gehe pinkeln und dann suche ich in der Küche nach was zu essen.

Vom Frühstück ist noch Marmelade und ein bisschen Käse da. Ich esse ein paar Löffel aus dem Marmeladenglas und vier Käsescheiben.

Auf der Uhr an der fleckigen Küchenwand sehe ich, dass es schon fast siebzehn Uhr ist. Bestimmt kommen die anderen bald.

Ich hab so dermaßen keinen Bock auf die.

Da höre ich sie schon auf dem Hof herumlärmen.

Ich schiebe mir noch zwei Scheiben Käse in den Mund und will nach oben gehen.

Im Flur stoße ich ausgerechnet auf Marie.

Ich beachte sie nicht. Überhaupt nicht.

Dummerweise muss ich auch noch an der Haustür vorbei. Julius, Alex und Tolga drängeln sich gerade rein.

»Ey Nelson, du Faultier!«, schreit Tolga.

»War's toll im Schloss?«, schaffe ich mit viel Anstrengung ironisch zu murmeln und laufe die Treppe hoch, ehe sich noch wer sinnvolle Kommentare einfallen lässt.

Endlich wieder in meinem Zimmer.

In unserem Zimmer, leider. Als Hamza reinkommt, stehe ich mit dem Gesicht zum Fenster.

Genau wie heute Nacht.

Ich drehe mich nicht um. Aber dass es Hamza ist, höre ich schon daran, wie er die Tür aufmacht. Wir waren Brüder, Mann! Ich würde ihn blind und taub erkennen.

Wir *waren* Brüder. Wie kann man das wegschmeißen?! Die Wut kommt hoch, mit voller Wucht.

»Ey Nelson, du hast voll was verpasst, Digga. *Zu* geiles Schloss, und die 15 Kilometer im Regen, das war echt porno. Digga, ich würd heulen an deiner Stelle.«

Was soll der Schrott? Meint er, ich mach jetzt auf normal, oder was?

Hamza steht ungefähr zwei Schritte hinter mir.

»Ey Nelson, heut früh, das …«

»Halt's Maul.« Ich will den Scheiß nicht hören.

»Nelson, ich will nichts von ihr, verdammt!«

Ich drehe mich um. »Sehr witzig! Ich lach mich kaputt.«

Hamza packt mich am Arm. »Jetzt hör wenigstens mal zu, Digga! Heut früh, das war Spaß, Mann!«

Ich reiße mich los und kann nur bitter lachen.

»Die hat geheult, und ich hab sie getröstet!«

»Genau. Und das beste Trösten is Knutschen, schon klar.« Ich kann nicht weitersprechen. Hab einen fetten Kloß im Hals.

»Sag mal, bist du bekloppt, oder was? Wir haben nich geknutscht! Du hast derbe viel Fantasie, Digga!«

Für einen winzigen Moment frage ich mich, ob es sein kann, dass Hamza recht hat. Aber dann sehe ich wieder vor mir, wie er mit Marie zu einem Ganzen verschmolzen in der Dunkelheit steht. *Bruder vor Luder, Nelson*, das war es doch, was er gesagt hat?!? Am liebsten würde ich ihm noch mal in sein freches, selbstbewusstes Gesicht schlagen.

Aber ich beherrsche mich. Ich klemme einfach nur meine Bettdecke unter den Arm und gehe, lasse ihn einfach stehen, diesen Verräter. Gerade rechtzeitig, denn der Kloß in meinem Hals ist jetzt so groß, dass ich kein Wort herausbringen könnte.

Ich gehe zum Zimmer von Theo, Marvin und Akif und reiße die Tür auf. Sie liegen auf ihren Betten und sehen voll fertig aus. Die Wanderung war anscheinend ziemlich anstrengend.

Hatte ich mir doch richtig gemerkt. Es gibt ein viertes Bett.

»Kann ich heute bei euch pennen?«

Theo zuckt die Schultern. »Klar, warum nicht.«

Beim Frühstück setze ich mich so weit wie möglich von Hamza weg. Und Marie ignoriere ich komplett.

Dann gehen wir wieder wandern.

Ich gehe auch mit, noch einen ganzen Tag alleine in der Jugendherberge halte ich nicht aus.

Wenigstens regnet es nicht.

Und wenigstens gehen wir nicht zu irgendeinem Scheißbarockschloss. Wohin wir genau gehen, weiß keiner, nur Herr Zimmermann. Das Einzige, was er uns verraten hat, ist, dass wir eine Mutprobe machen.

Eine Mutprobe, die sich *Herr Zimmermann* ausgedacht hat … Ich bin ja *soooo* gespannt.

Hamza läuft mit Marie und Gülcan zusammen, und ab und zu hört man sie lachen.

Wie ich ihn hasse. Als ich das Lachen nicht mehr ertrage, laufe ich langsamer. Aber auch, als ich an den Schluss der Klasse gerutscht bin, sehe ich noch Maries blonde und Hamzas schwarze Haare.

Ich bin jetzt einen Schritt vor Emine und Viktoria.

»Das ist soooooo süüüüüß!«, sagt Emine. »Marie hat sich verliebt!!!«

Da reicht es mir. Ich laufe noch langsamer, und als ich der Letzte bin, bleibe ich komplett stehen. Und dann drehe ich mich um und renne zurück.

Ich renne nur bis zur Landstraße. Dort biege ich in die Richtung ab, aus der wir gekommen sind.

Ich bin nicht mehr ganz so deprimiert. Ihr könnt mich alle mal, denke ich. Ich fahre nach Hamburg.

Warum ich mich auf diese hässliche Klassenfahrt so dermaßen gefreut hatte, weiß ich selbst nicht mehr.

Komisch, diese Plakate sind mir bisher gar nicht aufgefallen. Ich bleibe vor einem stehen. Es sind Schafe darauf. Fröhliche weiße Schafe. Aber mitten durch das Bild geht eine fette Linie. Und ein fröhliches weißes Schaf kickt mit den Hinterbeinen ein schwarzes Schaf – das einzige schwarze Schaf auf dem Bild – schwungvoll über die fette Linie. *Wir räumen auf!* steht darunter, und NPD, was der Name einer Partei ist.

Ich bin gekränkt. Hat das was mit Afrikanern zu tun? Der Strich mitten durchs Bild soll wohl eine Grenze darstellen.

»Ihr wollt also keine Schwarzen hier«, murmle ich, »braucht ihr auch nicht haben. Hamburg ist sowieso tausendmal schöner. Verreckt doch zwischen euren verfickten Feldern.«

Ein paar Jungs auf Rädern kommen mir entgegen. Sie sind vielleicht so alt wie ich.

Sie kommen näher und gucken mich dabei so richtig unverschämt von oben bis unten an.

»Scheißflüchtling«, sagt einer, als er an mir vorbeifährt.

Da raste ich aus. Bevor ich auch nur eine Sekunde überlegt habe, boxe ich den Typen in die Seite und gleich darauf trete ich gegen sein Fahrrad. »Jetzt wirst du frech, oder was?!«, brüllt er, und kippt mitsamt Rad um.

Grund auszurasten habe ich mehr als genug: Mein bester Freund – ein Verräter. Jede Hoffnung auf Marie – eiskalt zerschlagen. Die Klassenfahrt – ein kompletter Reinfall. Plakate, die groß und breit verkünden, dass ich hier unerwünscht bin.

Und dann noch so ein dämlicher Vollidiot, der einen als »Scheißflüchtling« bezeichnet.

Grund genug habe ich vielleicht. Aber es ist trotzdem nicht der beste Move.

Die anderen Jungs schleudern ihre Räder zur Seite. Und dann sind sie alle über mir.

Würde keiner glauben, dass ich mich als Fünftklässler nicht geprügelt habe.

Ich liege am Straßenrand, Blutgeschmack im Mund. Mir ist übel, weil sie mich in den Magen geboxt haben.

Ich setze mich auf und befühle meine Vorderzähne. Sie sind noch da, und ich bin ziemlich froh darüber.

Ein kleiner alter Fiat hält und eine Frau springt raus. Sie hat blonde Rastas auf dem Kopf und komische Klamotten an.

»Are you okay? Hang on a second. Let me check.« Sie kauert sich vor mich, fasst vorsichtig unter mein Kinn und betrachtet meine geplatzte Oberlippe.

»It's not deep. A lot of blood, yes. But the wound itself is nothing serious.«

Ich habe nichts gegen Flüchtlinge. Aber das geht mir jetzt hier langsam doch auf die Nerven.

»Ist ja nicht so, dass ich kein Englisch kann! Englisch ist mein bestes Fach! Ich *mag* Englisch! Aber ich frag mich trotzdem, warum Sie denken, dass ich kein Deutsch verstehe? Weil ich ein bisschen anders aussehe als Sie selber?! Muss jeder Deutsche weiß wie ein Froschbauch sein?! Das *nervt*, verdammt!«

Sie zuckt zusammen.

Nach ein paar Sekunden sagt sie: »Äh … tut mir leid.«

Ich sage nichts.

Sie geht zurück zum Auto und kommt mit einer Packung

Papiertaschentücher zurück. Ich nehme zwei und presse sie an meine Lippe.

»Kannst du aufstehen?«

Ich versuche es, mir wird ein bisschen schwindlig dabei und mein Kopf tut weh, aber es geht.

»Steig ein.«

Ich steige ein.

»Wo willst du hin?«, fragt sie, die Hand am Zündschlüssel.

»Hamburg.«

»Hm. Also zum nächsten Bahnhof.«

»Eher an eine Autobahnauffahrt. Ich hab kein Geld.«

Sie stellt Musik an, irgendetwas Punkiges, jedenfalls klingt es grauenhaft, und fährt los.

»Haben Frösche wirklich weiße Bäuche?«, fragt sie irgendwann.

»Keine Ahnung. Sie sind doch auf dem Land aufgewachsen, nicht ich.«

»Stimmt. Ich weiß es trotzdem nicht.«

Sie guckt zu mir, ich gucke zu ihr, und wir müssen beide grinsen.

Nach zwanzig Minuten oder so hält sie vor demselben Bahnhof, an dem ich mit meiner Klasse vor drei Tagen angekommen bin. Ich bleibe sitzen, ich habe ihr ja gesagt, dass ein Bahnhof mir nichts nützt.

Sie schaut irgendetwas auf ihrem Handy nach. Ich klappe inzwischen den Spiegel vor meiner Stirn runter und gucke, wie ich aussehe.

Na ja, geht ja noch.

»In sechsundzwanzig Minuten geht von Bahnsteig zwei ein Zug nach Hamburg. Anderthalb Stunden später bist du schon dort.«

»Aber ich hab kein Ticket.«

»Das kaufen wir jetzt. Komm.«

Im Bahnhof kauft sie mir am Automaten ein Ticket.

»Danke«, sage ich, »das ist echt nett. Meine Mutter überweist Ihnen das Geld. Sie müssen mir nur noch Ihre Kontodaten geben.«

»Das geht schon in Ordnung«, sagt sie und drückt mir zehn Euro in die Hand. »Für den Notfall.«

Ich bin ziemlich sprachlos. »Danke ... das ist echt total ... Aber meine Mutter würde Ihnen das Geld auf jeden Fall –«

»Nee, lass mal. So viel ist es jetzt auch wieder nicht. Wie heißt du eigentlich?«

»Nelson.«

Sie gibt mir die Hand. »Annika. Dann komm gut nach Hause, Nelson.«

»Danke! Das ist echt total nett. Ich hoffe, dass Ihnen auch jemand so hilft, wenn Sie mal Hilfe brauchen.«

Sie lacht. »Wie gesagt, das geht schon klar. Pass auf dich auf.«

»Danke, mach ich. Und, äh ... Sie auf sich. Tschüss!«

Ich kaufe ein belegtes Baguette und eine Cola und gehe zu Bahnsteig zwei. Ich setze mich auf eine Bank dort, und finde das alles gerade ganz chillig.

Meine Lippe blutet kaum noch. Die Kopfschmerzen sind auch fast weg. Es ist warm und sonnig. Ich bin superhungrig und das Baguette ist superlecker.

Als ich aufgegessen habe, kommt auch direkt der Zug.

Beim Einsteigen denke ich an meine Klasse. Viel Spaß euch noch auf dieser geilen Klassenfahrt. Ich bin dann mal weg.

17

MARIE

»Wo ist eigentlich Nelson?«, frage ich Gülcan.

Sie zuckt mit den Schultern. »Frage mich, warum du darüber nachdenkst. Meinst du, das hilft dir, ihn zu vergessen?«

Jaja, Schlaukopf.

Endlich erreichen wir die Mutprobe.

Hm, ganz so langweilig, wie wir alle dachten, sieht sie ehrlich gesagt nicht aus. Sie besteht aus einem relativ steilen Abhang, über dem vom Ast eines Baumes sehr weit oben ein Drahtseil baumelt. An dem Drahtseil ist unten eine kleine Querstange angebracht. Man hat die Mutprobe bestanden, wenn man sich mit den Händen an der Querstange festhält und einmal über den Abhang schwingt und zurück.

»Ich bin raus«, sagt Gülcan.

War ja irgendwie klar.

Aber so richtig viel Lust habe ich da ehrlich gesagt auch nicht drauf …

Die Jungs tun natürlich so, als sei überhaupt nichts dabei.

»Das soll die Mutprobe sein?«, schreit Alex. »Herr Zimmermann, echt jetzt!? Das kriegt sogar meine kleine Schwester hin!«

»Und seine Schwester geht Grundschule, Digga!«

Sie versuchen, sich gegenseitig zu übertreffen mit ihrer Prahlerei und keinem fällt auf, dass Nelson nicht mehr da ist.

Neben mir stehen Viktoria und Emine. Viktoria zupft mich am T-Shirt und kichert. »Marie! Ich glaube, Nelson ist eifersüchtig auf deinen neuen Freund!«

Ich verstehe überhaupt nicht, was sie meint. »Wie – eifersüchtig?« Dann wird mir klar, was sie gesagt hat. »*Nelson?!*«

Was für ein absurder Gedanke. Mit eigenen Augen habe ich Nelson mit seiner Freundin gesehen. Und welcher Freund denn überhaupt?

»Ja, hihihi.«

»Wovon redest du überhaupt?«, frage ich.

Gülcan schaut Viktoria genauso verwirrt an.

Viktoria kichert wieder. »Der war total sauer, das hat man aus zwanzig Metern Entfernung gesehen. Und dann hat er sich eben irgendwann verkrümelt.«

»Sauer? Worüber denn?!«

»Na, dass du jetzt mit Hamza zusammen bist.«

»Mit *Hamza?!*«

»Ja«, sagt Viktoria und guckt, als sei ich schwer von Begriff.

Ich sehe Gülcan an, Gülcan sieht mich an.

»Lass uns Nelson suchen«, sagt sie.

Ich nehme ihre Hand. »Guter Plan.«

Die Klasse jubelt, weil Alex gerade wieder am Rand des Abhangs landet. Die Jungs schreien durcheinander, weil jeder der Nächste sein will.

Gülcan und ich schlagen uns in die Büsche.

NELSON

Im Zug hole ich mein Handy raus und sehe mal nach, wer aus der Klasse mir schon geschrieben hat.

Wow. Ungefähr eine Million Nachrichten von meinen Mitschülern.

Ich lese keine einzige.

Mir ist langweilig. Ich würde jetzt sogar mein Buch weiterlesen. Aber das Buch klemmt unterm Tischbein in unserem Zimmer in der Jugendherberge. Hamza hat es dahin geklemmt, weil der Tisch gewackelt hat, als er »H & N were here. Bros 4 ever« in die Tischplatte geritzt hat.

Bros forever. Haha.

Ich überlege, ob ich ein paar Nachrichten von meinen Mitschülern lesen soll, aber ich mache es nicht. Dann würden sie ja sehen, dass ich die gelesen habe. Aber die sollen sich ruhig mal ein bisschen Sorgen machen um mich.

Besonders Hamza.

Wenn Marie sich ein paar Sorgen machen würde, wäre auch ganz schön.

Aber nie im Leben wird das passieren.

Ich überlege, wen ich sonst noch kenne und schreibe nur so aus Spaß eine Nachricht an Katharina.

Hi Katharina 🙂
Wie geht's? Was machst du so?

Hätte ich gar nicht gedacht. Sie schreibt sogar zurück.

Nelson!!!

Geht so ... und wie geht's dir??

Komme gerade von der
Klassenfahrt zurück.
War richtig scheiße.
Mecklenburg-Vorpommern.
Fahr da bloß nie hin! 😛

Hab ich auch nicht vor! 😁

Sehen wir uns mal?

Klar, warum nicht!

Wär echt schön!!!

Ich könnte sie jetzt daran erinnern, dass *sie* sich nicht mehr gemeldet hat.

Aber egal. Warum Zeug von gestern aufwärmen.

Ja, fänd ich auch! Haben ja auch schon was erlebt zusammen, oder? Krasse Nacht war das!

Stimmt 😁 War echt schön, bei dir zu übernachten …

Fand ich auch total schön. Meine Mutter fand übrigens auch, dass du ein nettes Mädchen bist 😁

Hat sie keinen Stress gemacht?

Nein wieso. Meine Mutter ist gechillt du hast sie ja kennengelernt.

Stimmt 🙂

Wo bist du gerade?

Hauptbahnhof. Also in 20 Minuten

Hauptbahnhof Hamburg?

Ja klar

Ich bin ganz nah am Hauptbahnhof gerade!!!

Dann bis gleich oder?

Ja bis gleich!!!

So einfach also. Wer braucht Marie? Wer braucht Hamza? Es gibt ein Mädchen, das in meinem Arm geschlafen hat, und sie will mich wiedersehen.

Ich bin derbe aufgeregt.

Ich erinnere mich daran, dass hier der zweitrespektierteste Junge des Jahrgangs sitzt. Jetzt bloß nichts vermasseln, Digga.

MARIE

Gülcan und ich sind ziemlich weit zurückgelaufen. Hier und da haben wir einen Abstecher in Seitenwege gemacht, und die ganze Zeit haben wir nach Nelson gerufen. Ich habe mir nicht überlegt, was ich ihm eigentlich sagen will, wenn wir ihn gefunden haben.

Aber die Frage erübrigt sich von selbst, denn wir finden ihn nicht.

Dafür kommt eine Nachricht von Theresa:

Wo seid ihr??? Drei Schüler sind weg und Hamza ist von der Mutprobe runtergefallen! Kommt lieber zurück Herr Zimmermann dreht durch!!!

»Krass«, sagt Gülcan. »Lass uns lieber schnell zurückgehen!«

»Meinst du? Und was ist mit Nelson …?«

»Er ist bestimmt schon bei der Jugendherberge. Du kannst ihm deine Liebe genauso gut dort gestehen.« Sie kichert, nimmt meine Hand und wir rennen los.

Deine Liebe gestehen. Dass Gülcan alles ins Lächerliche ziehen muss!

Ich glaube sowieso nicht, was Viktoria gesagt hat. Völlig absurd.

Aber wenn es wahr *wäre* …

Mein Herz klopft wie wild.

Als wir außer Atem wieder bei der Klasse ankommen, sehen wir gerade noch den Krankenwagen davonrollen.

»So schlimm?«, fragt Gülcan und reißt die Augen auf.

»Ja, Bein gebrochen wahrscheinlich!«, schreien die anderen. Alle sind total aufgeregt.

»Gott sei Dank, da seid ihr ja!«, ruft Herr Zimmermann, als er uns sieht. »Habt ihr Nelson mitgebracht?«

»Nein, wir haben ihn nicht gefunden«, sage ich.

Herr Zimmermann sieht direkt verzweifelt aus, und er tut mir leid.

Die Jungs versuchen, Nelson anzurufen und schreiben Nachrichten an ihn, und auch Herr Zimmermann lässt sich die Nummer geben und versucht, Nelson zu erreichen. Umsonst.

Ich werde ein bisschen unruhig. Hoffentlich ist ihm nichts passiert.

»Er ist einfach zurück zur Jugendherberge gegangen! Ganz sicher, Herr Zimmermann!«, sagt Alex.

Das ist die Variante, auf die wir uns schließlich alle einigen, und so machen wir uns auf den Rückweg.

NELSON

Katharina und ich treffen uns auf der Rückseite vom Hauptbahnhof. Heute hat sie ihre langen braunen Haare irgendwie hochgesteckt, aber ich erkenne sie trotzdem sofort. Sie erkennt mich auch gleich und winkt mir schon von Weitem mit beiden Händen zu.

»Hallo, Nelson!«, sagt sie, als ich vor ihr stehe, und schlingt die Arme um meinen Hals. Auf einmal ist es, als ob wir uns erst gestern an der Bushaltestelle verabschiedet haben. Mecklenburg-Vorpommern, Marie, Hamza und der Rest der Klasse sind plötzlich ganz weit weg.

Ich lege die Arme um Katharina und sie schmiegt das Gesicht an meinen Hals und das ist so schön, dass ich plötzlich glaube, dass ich sie liebe und nicht Marie.

Dann sehe ich sie genauer an. Ihre Augen sind glänzend und rot.

»Hast du wieder geweint?«

Sie lacht ein bisschen. »Vielleicht.«

»Was machst du bloß immer? Von einem Problem ins nächste, oder? Ist das immer so bei dir?«

Zack, da fängt sie schon wieder an zu weinen.

Ich nehme sie gleich noch mal in den Arm. »Wird alles gut«, flüstere ich ihr ins Ohr.

»Danke.« Jetzt lacht und weint sie gleichzeitig.

Verrücktes Mädchen.

Ich halte ihre Hand und wir gehen den Grünstreifen zwischen Gleisen und Straße entlang und setzen uns unter einen Baum.

»Du tauchst immer auf, wenn's mir schlecht geht«, sagt Katharina. »Bist du mein Schutzengel?«

»Tja … vielleicht.«

Ich strecke die Beine aus und sie legt den Kopf darauf und guckt in den Himmel. Ich streichle vorsichtig über ihr Haar.

»Kommt es dir auch so vor, als ob es erst gestern oder vorgestern war, dass du bei mir übernachtet hast?«, frage ich sie.

Sie blinzelt in die Sonne. »Ja, irgendwie schon. Was hast du eigentlich mit deinem Gesicht gemacht?«

»Wieso?«

»Na, die Lippe ist ja aufgeplatzt.«

»Ach so. Kleiner Straßenkampf.«

»Echt??«

»Ja.« Ich erzähle ihr, was passiert ist. Sie ist derbe beeindruckt und bewundert mich voll dafür, dass ich mich mit vier Jungs gleichzeitig anlege. Sie kriegt einen Lachanfall, als ich weitererzähle, wie Annika mich auf Englisch zugetextet hat. Und was sie *richtig* toll findet, ist, dass ich einfach nach Hamburg fahre, wenn es mir auf der Klassenfahrt nicht gefällt.

Ich erzähle ihr aber nicht, dass ich das gemacht habe, weil Marie mit Hamza zusammengekommen ist.

Das würde jetzt nicht so passen. Es ist gerade alles so perfekt.

Bis der Anruf von Mama kommt.

»Ups – meine Mutter ruft an. Ich glaub, ich muss abnehmen. Hallo Mama?«

»Nelson?!?!«

»Ja?«

»Wo *bist* du???«

»Wieso?«

»Dein Klassenlehrer hat eben angerufen und gesagt, dass er nicht weiß, wo du bist!«

»Ah – okay.«

»Wo *bist* du, um Himmels willen?«

»In Hamburg.«

»In *Hamburg?!* Was fällt dir denn ein, Nelson?! Bist du völlig verrückt geworden?!«

»Nö, wieso?«

»Nelson! Jetzt stell dich bitte nicht so dumm. Was meinst du, welche Sorgen ich mir mache!! Und dein Klassenlehrer auch!«

»Aber es ist mir ja gar nichts passiert ...«

»Nelson.« Sie seufzt.

Ich bekomme ein schlechtes Gewissen.

»Nelson, wir reden morgen über alles. Ich rufe jetzt noch mal Herrn Zimmermann an, und morgen komme ich nach Hause. Bist du schon zu Hause?«

»Äh – nein.«

»Aber in Hamburg?«

»Ja.«

»Dann geh nach Hause, okay? Keine weiteren Dummheiten heute. Den Schlüssel hast du doch?«

»Ja«, sage ich, aber gleichzeitig fällt mir ein, dass mein Schlüssel in meiner Reisetasche ist, und die ist in der Jugendherberge.

Macht nichts. Ich übernachte einfach bei Katharina.

»Ich rufe später noch mal an.« Mama legt auf.

Katharina kichert. »Also, *sooo* gechillt klang sie nicht.«

»Jeder hat mal 'n schlechten Tag«, sage ich, und streichle weiter ihr Haar.

Sie schließt die Augen. »Das ist voll schön, Nelson, mach weiter.«

Aber plötzlich setzt sie sich auf. »Wie spät ist es?«

Ich sehe nach. »17 Uhr.«

»Ich muss nach Hause. Ich hab ja heute Geburtstag.«

»Was?«

»Ja, ich hab heute Geburtstag, und in einer Stunde fängt bei mir zu Hause eine Megaparty an.« Sie zieht mich hoch. »Du kommst doch mit, oder?«

»Äh – klar. Herzlichen Glückwunsch! Warum hast du das nicht gleich gesagt?«

»Ich war traurig, deswegen.«

»Und jetzt nicht mehr?«

Sie grinst mich an. »Nicht mehr so sehr. Fast gar nicht mehr.« Und dann gibt sie mir einen Kuss auf die Wange.

Ich würde sie jetzt supergern auf ihren wunderschönen roten Mund küssen. Aber anscheinend haben wir keine Zeit dafür.

»Komm, wir müssen uns beeilen!«, sagt Katharina und läuft zurück zum Bahnhof.

»Wie alt bist du geworden?«, frage ich sie in der S-Bahn.

»Siebzehn.«

Sie ist also älter als ich. Hoffentlich stört sie das nicht.

Wir laufen die Elbchaussee lang, wo all diese riesigen Villen sind.

»Hier wohnst du?«

»Ja. So toll, wie's aussieht, ist es aber auch nicht.« Sie nimmt meine Hand und schmiegt sich beim Laufen so ein bisschen an mich. »Ich bin froh, dass du mitkommst, Nelson. Hätte dich gleich einladen sollen. Vorhin hatte ich überhaupt gar keine Lust mehr auf die Party. Aber jetzt finde ich's ganz okay.«

»Warum warst du denn eigentlich so traurig?«

»Ach, jemand, auf den ich mich total gefreut hatte, hat abgesagt.«

Ich möchte ein paar Fragen zu diesem Jemand stellen, zum Beispiel, ob es ein Typ ist oder ein Mädchen. Und wenn es ein Typ ist, ob sie was von ihm will. Andererseits, er kommt ja gar nicht. Spielt es da eine Rolle, um wen es geht?

Bevor ich mich entscheiden kann, wie wichtig jemand ist, der nicht zu Katharinas Party kommt, bleiben wir vor einem hohen Eisentor stehen. Das Haus dahinter besteht nur aus strahlenden weißen Flächen und Glas. In der Einfahrt steht ein Alfa Romeo 4C. Mindestens 240 PS. Im Garten ist ein spitzes weißes Zelt aufgebaut, und darin sieht man ein großes Büfett. Den Weg zum Haus entlang stecken Fackeln, die aber noch nicht angezündet sind. Es ist ja auch noch hell.

»Ich muss mich umziehen«, sagt Katharina. »Du kannst ja vielleicht einfach auf der Terrasse auf mich warten.«

Wir gehen zum Haus und ich habe das Gefühl, ich sollte mich auch umziehen. Meine Schuhe gehören, seit ich über dieses verdammte Kartoffelfeld gerannt bin, eigentlich in den Müll, und mein T-Shirt und meine Hose haben immerhin einen Straßenkampf hinter sich. Andererseits, Klamotten, die hierher passen würden, habe ich sowieso nicht.

»Bis gleich!« Katharina verschwindet durch die Terrassentür.

Ich setze mich auf einen Gartenstuhl und warte, was passiert.

»Katharina? Bist du da?«, ruft eine Frauenstimme und dann höre ich Schritte. In der Terrassentür steht eine dünne Frau in einem engen Kleid, bestimmt Katharinas Mutter. Sie sieht total streng aus, ganz anders als meine Mutter.

Als sie mich sieht, werden ihre Augen erst groß und dann schmal. »*Du* bist Jörn??«

»Äh – nein.« Ich stehe auf und weiß nicht, ob ich zu ihr gehen und ihr die Hand geben soll oder nicht. Es kommt mir so vor, als ob ich hier nur alles falsch machen kann.

»Guten Tag. Ich bin Nelson«, sage ich schließlich.

»*Nelson* also«, sie verzieht den Mund ein wenig, ich weiß nicht, ob es ein Lächeln sein soll. »Du gehst aber nicht auf Katharinas Schule, oder? Ich hab dich jedenfalls noch nie gesehen.«

»Nein, wir gehen nicht auf dieselbe Schule.«

»Ja, das dachte ich. Katharinas Schule ist ja auch recht teuer«, wieder verzieht sie so den Mund, und jetzt ist auch klar, dass es kein Lächeln ist. Wie schafft sie es nur, dass man sich innerhalb von drei Sekunden so schlecht fühlt?

»Gut, ich bin noch bei den Vorbereitungen … Fühl dich ganz wie zu Hause.« Es klingt fast echt.

»Ähm, danke.«

Endlich kommt Katharina wieder. Sie hat jetzt ein krasses Kleid an, und die Haare sind auch irgendwie anders.

»Wow, siehst toll aus!«

»Danke!«

Sie setzt sich schräg vor mich und legt meine Hand auf den seidigen Stoff über ihrem Knie. »Und, hast du meine Mutter schon kennengelernt?«

»Ja, sie war gerade hier.«

Aber Katharina hört nicht zu. Sie guckt über meine Schulter und sieht irgendetwas, das ihre Augen auf eine Art glänzen lässt, wie ich das bei ihr noch nicht gesehen habe. Sie springt auf. »Jörn!!«

Ich drehe mich um. Auf dem Gartenweg steht ein blonder Typ in weißen Hosen. Ich schaue zu, wie Katharina ihm entgegenläuft und er sie in die Arme schließt.

»Ach – dann ist das wohl Jörn«, sagt eine Stimme hinter mir.

Ich gebe keine Antwort.

Katharina bemerkt mich erst, als ich an ihr und Jörn schon fast vorbei bin.

»Ach ja, das ist übrigens Nelson.«

Jörn streckt seine Hand aus: »Hallo Nelson, freut mich!«

»Mich nicht«, sage ich und gehe weiter.

»Nelson?!«, ruft Katharina hinter mir, aber ich drehe mich nicht um.

18

MARIE

Am Abend sagt uns Herr Zimmermann, dass er mit Nelsons Mom telefoniert hat, und dass Nelson wieder in Hamburg ist. Die ganze Klasse feiert ihn, weil er einfach so zurückgefahren ist.

Doch am nächsten Tag, als wir in Hamburg aus dem Zug klettern, steht auf dem Bahnsteig Nelsons Mom. Ihre hellroten Haare kringeln sich wirr nach allen Seiten, und sie sieht beunruhigt und mitgenommen aus.

Da wissen wir, dass irgendetwas nicht stimmt.

Die Klasse drängt sich um sie und Herrn Zimmermann, als die beiden miteinander reden. Nelsons Mutter fängt ziemlich bald an zu weinen, und als ich das sehe, pocht mein Herz auf einmal schnell und angstvoll. Dieses schreckliche Gefühl hatte ich doch erst vor Kurzem – genau, als Gülcan verschwunden war.

Jetzt ist Nelson verschwunden.

Gülcan steht neben mir, ihr schwarzes Haar streift meine Schulter.

Kann man zweimal hintereinander dasselbe Glück haben?

Bitte, lieber Gott, mach, dass Nelson nichts passiert ist.

Herr Zimmermann bleibt bei Nelsons Mutter, vielleicht gehen sie gleich zur Polizei oder so.

Wir sollen nach Hause fahren.

In der S-Bahn und im Bus redet die Klasse von nichts anderem, als davon, wo Nelson sein könnte.

»Vielleicht ist er als Geisel genommen worden?«

»Könnte sein. Wenn jemand seine Familie erpressen will. Aber die haben doch kein Geld, oder?«

»Es gibt ja auch andere Gründe.«

»Es gibt auch Perverse, die auf Teenager stehen.«

»Alter, hör auf, *zu* eklig!«

»Er ist einfach abgehauen. In dreißig Jahren kommt er als Milliardär zurück.«

»Oder er hat sich verletzt und es war keine Hilfe da!«

»Vielleicht verblutet.«

»Vielleicht ein Unfall.«

»Vielleicht ertrunken.«

Gülcan und ich stehen vor meinem Haus.

»Ciao, Süße, bis morgen«, sagt sie, aber ich lasse ihre Hand nicht los. »Was ist, wenn er … wenn er …?«, meine Stimme wird dünn.

»Warum hast *du* eigentlich noch nicht versucht, ihn anzurufen?«, fragt Gülcan.

»Wieso ich? Und es geht ja sowieso nur die Mailbox ran, sagen alle.«

Verschwörerisch legt sie den Kopf schief. »Aber vielleicht nicht, wenn *du* ihn anrufst?«

»Nein, das mache ich nie im Leben. Das mache ich ganz bestimmt nicht«, sage ich fest. Gülcan hat wirklich manchmal die bizarrsten Einfälle.

»Du *musst!*«, sagt Gülcan aufgeregt und beginnt auf und ab zu hüpfen. »Wenn er wirklich auf dich steht, dann wird er ganz sicher abnehmen – falls er in der Lage dazu ist! Du *musst* es tun! Denk an seine Mutter, Marie!«

Ich sehe sie unschlüssig an. Könnte eine winzige Wahrscheinlichkeit bestehen, dass das, was sie gerade sagt, nicht absoluter Schwachsinn ist?

»Gib mir dein Handy!«, befiehlt sie.

Willenlos ziehe ich mein Handy aus der Tasche. Die Wahrheit ist, ich würde nichts lieber tun, als Nelson anzurufen! Ich traue mich einfach nicht!

Gülcan tippt schon mit Lichtgeschwindigkeit erst auf ihrem, dann auf meinem Handy herum, schließlich reicht sie mir meines und kaut vor Spannung auf den Fingernägeln, während ich mit klopfendem Herzen lausche.

NELSON

Erst will ich nicht abnehmen, dann mache ich es doch. »Hallo?«

»Hallo, äh … hallo, Nelson … hier ist Marie …«

Krass.

»Hallo Marie …«

»Mann, ich bin echt so froh, dass du rangegangen bist …«

Sie klingt total aufgeregt. Was ist denn *hier* los, Alter?

»Wo bist du denn? Alle machen sich total Sorgen um dich …«

»Ja, sorry, mein Akku war runter und ich hab erst vorhin ein Aufladegerät gefunden.«

»Ähm, alles klar … Deine Mom war übrigens am Bahnhof. Sie war voll verzweifelt …«

»Oh, Mist.« Ich schaue zum Baby. Es schläft gerade, aber ich kann doch nicht einfach abhauen?! »Ich … äh …«

»Wo bist du denn?«

»An der Elbe. Also, in einem Haus hier an der Elbe. Ich kann grad nicht weg … Aber ich ruf meine Mutter jetzt gleich an.«

»Ja, mach mal. Was machst du denn in einem Haus an der Elbe? Klingt voll mysteriös …«

»Nee, eigentlich gar nicht, ha ha. Es ist derbe langweilig.«

Wieso ruft mich ausgerechnet *Marie* an, um mir zu sagen, dass meine Mutter sich Sorgen macht? Steht Hamza gerade neben ihr, hat er ihr gesagt, sie soll mich anrufen, weil ihn seine Schuldgefühle quälen? Bevor ich meine Gedanken einigermaßen sortieren kann, fragt Marie: »Langweilig? Aber warum gehst du dann nicht nach Hause?«

»Na, ich kann hier grad nicht weg …«, wiederhole ich. Ich weiß nicht, wie ich es erklären soll, denn von dem Baby will ich erst mal nichts sagen. Babysitten gehört mit Sicherheit nicht zu dem, was ein Checker in seiner Freizeit macht.

»Keine Ahnung, wie lange ich hier noch rumhängen muss«, sage ich also einfach.

»Soll ich … soll ich vielleicht vorbeikommen?«, fragt Marie.

Krass. Ich bin so perplex, dass mir erst einmal die Worte fehlen. »Wow, das wäre super!«, schaffe ich dann zu sagen. »Das würde mich echt total freuen!«

Ich erkläre ihr den Weg zu den Kapitänshäusern.

Dann rufe ich meine Mutter an und verspreche, dass ich heute noch nach Hause komme. Sie weint, aber hauptsächlich ist sie froh.

Als ich auflege, weiß ich immer noch nicht, was ich darüber denken soll, dass mich Marie angerufen hat, *und jetzt auf dem Weg zu mir ist.* Voll Film, Alter.

Als sie den schmalen Weg vor den Kapitänshäusern entlangkommt, sitze ich auf der Wiese im Garten. Das Baby ist inzwischen aufgewacht und liegt auf einer Decke neben mir.

Maries Augen werden riesig, als sie mich so sieht. Und zugleich wird sie rot, und ich merke, dass ich auch rot werde. Ist es sehr peinlich, mit einem Baby im Garten zu sitzen?

Keine Ahnung.

Sie macht das Gartentor auf und schlüpft herein. »Nelson, was machst du denn hier?« Sie lacht ein bisschen vor lauter Überraschung.

»Tja, ich dachte, zur Abwechslung kann ich ja auch mal babysitten. War's noch schön auf der Klassenfahrt?«

Mir fällt wieder Hamza ein und alles, was passiert ist. Dieses Mädchen ist jetzt die Freundin meines besten Freundes. Meines ehemaligen besten Freundes.

»Ging so. Wo hast du denn das Baby her??«

»Ach, das ist das Baby von Hans. Er musste nur kurz weg.«

»Und wer ist Hans?«

»Der wohnt in diesem Haus hier.«

Sie guckt sich das kleine bunte Haus an, das in einer Reihe mit anderen kleinen bunten Häusern steht. Sie heißen alle Kapitänshäuser. Früher haben hier nur alte Kapitäne gewohnt, und man hat sie gebaut, damit die Kapitäne jeden Tag auf die Elbe gucken können und nicht so viel Sehnsucht nach dem Meer haben. Jetzt wohnen aber auch andere Leute darin. Das hat mir Hans alles beim Frühstück erzählt.

»Du bist also nach Hamburg gefahren, um das Baby von Hans zu hüten«, sie lacht wieder, und dann setzt sie sich neben mich.

Irgendwie kann ich es kaum fassen. Vor vierundzwanzig Stunden bin ich in Mecklenburg-Vorpommern in den Zug gestiegen, und zwar wegen Marie.

Und vierundzwanzig Stunden später sitzt sie hier in einem fremden Garten neben mir.

Sie ist mir nachgereist. Ich muss lachen.

Aber da fällt mir wieder Hamza ein.

»Und, wie geht's Hamza?«, frage ich düster.

»Nicht gut. Ist noch unklar, wann er nach Hamburg gebracht wird.«

»Hä?«

»Na ja, die haben jetzt geröntgt und gegipst und so, aber weil er wohl auch eine Gehirnerschütterung hat, muss er noch ein paar Tage dortbleiben.«

»Gehirnerschütterung??«

»Ja, er ist in Neustrelitz im Krankenhaus. Hat er dir denn gar nicht geschrieben, dass er bei der Mutprobe den Abhang runtergefallen ist und sich das Bein gebrochen hat?«

»Voll krass.«

MARIE

Wenn ich mutig wäre, würde ich ihn jetzt einfach fragen. Stimmt es, dass du denkst, ich bin mit Hamza zusammen? Und dann einen Witz darüber machen.

Wenn ich mutig wäre.

Das Baby fängt an zu quengeln.

»Du musst es trösten, glaube ich.«

Nelson nimmt es auf den Schoß. »Sch sch sch, alles gut! Papa kommt gleich!«

»Wie heißt es?«

»Carlotta oder so.«

Ich kichere. »Oder so. Gut scheint ihr euch ja noch nicht zu kennen.«

»Nee, tun wir ja auch nicht. Ich kenne Hans erst ein paar Stunden, und Carlotta auch nicht länger.«

»Das ist ja voll verrückt. Und da lässt er dich mit seinem Baby allein?«

»Ja, wie gesagt, er musste kurz weg. Aber da kommt er.«

Am Gartentor steht ein Mann. Er sieht fröhlich aus, trägt eine Laptoptasche über der Schulter und in der Hand eine riesige

Pizzaschachtel. Man sieht gleich, dass er kein normaler Erwachsener ist. Er sieht so unernst aus, viel zu fröhlich für einen normalen Erwachsenen.

»Das gibt's ja nicht!«, ruft Hans. »Gestern hatte ich nur ein Baby, heute früh kam ein Bengel dazu, und jetzt sitzt hier noch ein Mädel herum!«

Er kommt zu uns gelaufen, wirft die Pizzaschachtel und die Laptoptasche ins Gras und beugt sich zu Carlotta herunter. »Hallo, Camilla, mein kleiner Schatz! Na, komm zu Papa, komm her, mein Sonnenschein!«

Wenig später sitzen wir am Gartentisch und essen Pizza.

Hans stellt keine typischen Erwachsenenfragen, wie alt ich bin, ob mir die Schule Spaß macht und so was. Und es scheint selbstverständlich für ihn zu sein, dass ich hier mit am Tisch sitze und Pizza esse.

»Der war vielleicht verzweifelt!«, sagt Hans und stupst Nelson augenzwinkernd an. »Meine Herrn, war der verzweifelt!«

»Wie habt ihr euch denn eigentlich kennengelernt?«, frage ich.

»Also, das war soooo ...«, fängt Hans an.

»Ich hab keinen Schlüssel dabei«, sagt Nelson mit vollem Mund, »da bin ich an die Elbe gefahren – was soll ich vor einer verschlossenen Wohnungstür rumhocken? Und Carlotta hatte –«

Ich kichere. »Camilla.«

»Und Camilla hatte Bauchschmerzen.«

»Und wenn Camilla Bauchschmerzen hat«, sagt Hans, »dann gehe ich mit ihr an der Elbe spazieren. Und diesmal sitzt da eben mitten in der Nacht, drei Uhr wahrscheinlich, dein Freund Nelson. Da hab ich ihn natürlich mitgenommen.«

Dein Freund Nelson. Wie schön das klingt.

»Genau. So war das«, sagt Nelson.

»Und wo ist Carlottas, äh, Camillas Mutter?«

»Auf Geschäftsreise in Berlin«, sagt Hans. »Ich bin in Elternzeit. Aber manchmal juckt's mich halt doch in den Fingern. Daher freue ich mich, wenn mal jemand vorbeikommt und für ein Stündchen bei Camilla bleibt, sodass ich bei dem einen oder anderen Kunden vorbeischauen kann.«

Klingt einleuchtend.

Die Pizza ist großartig. Wenn ich den Kopf drehe, sehe ich die Elbe glitzern, und um uns herum duftet es nach Mai. Aber das Beste ist, dass Nelson neben mir sitzt. Ich muss immer mal wieder nachschauen, ob es wirklich so ist.

Es ist wirklich so.

NELSON

»Der war voll nett«, sagt Marie im Bus.

»Auf jeden Fall. Er hat mich echt gerettet.«

»Ja. Ist echt blöd, ohne Schlüssel vor der eigenen Wohnung zu stehen.«

»Ja.«

Ich lasse es bei dem Schlüssel. Wie ich an der Elbe gesessen und geheult hab, weil alle Mädchen, die ich mag, vergeben sind und weil ich meinen besten Freund verloren habe und meine Mutter depressiv ist und weil ich so unglaublich sehr meinen Vater vermisste, das muss ich ihr jetzt echt nicht erzählen.

Ich schaue Marie von der Seite an, die Sommersprossen auf ihrer Stupsnase und die blonden Strähnen, die ihr ins Gesicht hängen. Ich merke plötzlich, dass das mit Katharina alles nur Spaß war. Klar, es war schön, ihr Haar zu streicheln. Aber in Marie bin ich verliebt, seit sie in unsere Klasse gekommen ist.

Mein Hals ist wie zugeschnürt.

Sie merkt, dass ich sie angucke, und lächelt. »Was ist?«

»Nichts.«

»Okay.«

Und dann kann ich mich nicht zurückhalten. »Warum bist du eigentlich nicht bei Hamza?«

»Wieso sollte ich bei Hamza sein?«

»Also ich wäre dageblieben, wenn … wenn …«

»Wenn was?«

Fast sage ich: *Wenn du dein Bein gebrochen hättest.*

Aber ich sage: »Wenn meine Freundin ihr Bein gebrochen hätte.«

»Komisch«, Marie lacht nervös, »alle denken, ich bin mit Hamza zusammen. Dabei ist das völliger Blödsinn.«

Ich sage nichts.

Aber auf einmal ist diese Verzweiflung und diese Wut auf Hamza und auf das Leben nicht mehr da. Einfach aufgelöst. Wie weggeblasen. Und was bleibt, sind die Stimmen der Leute im Bus und Marie neben mir.

Ich fühle mich leicht, und auf eine gute Art leer.

»Ich mag doch dich«, sagt Marie leise.

Ich sehe sie wieder an. Ich sehe sie ganz genau an und versuche, herauszufinden, ob das stimmt, was mein Gehirn mir gerade vorgaukelt, ob es stimmt, dass sie eben gesagt hat, dass sie mich mag.

Sie ist rot. Für einen Moment hält sie meinem Blick stand, dann guckt sie auf ihre Beine. Dann guckt sie mich wieder an, sie ist erdbeerrot jetzt und öffnet den Mund, um etwas zu sagen. Sie sieht irgendwie trotzig aus und zieht ihre Augenbrauen zusammen.

Ich flüstere: »Ich dich auch. Vom ersten Moment an. Seit du in unsere Klasse gekommen bist. Ich war von Anfang an total in dich verliebt. Und jetzt immer noch.«

Mein Gesicht brennt. Und aus ihrem verschwindet das Trotzige, ganz langsam, und dann erscheint darauf etwas Neues – Glück.

Oh. Mein. Gott.

Wir stehen vor meinem Haus und halten uns an der Hand und gucken uns an und lächeln.

»Ich muss jetzt leider hoch«, sage ich, »meine Mutter dreht sonst durch.«

Und dann, und ich weiß gar nicht, wer angefangen hat, legen wir die Arme umeinander und küssen uns. Und wir küssen uns und küssen uns und es ist das Allerbeste, was ich jemals in meinem Leben erlebt habe.

Irgendwann klingelt mein Handy, und natürlich ist es Mama.

»Ich muss jetzt hoch. Meine Mutter dreht sonst durch«, sage ich noch mal. Marie lacht. Sie sieht total glücklich aus dabei und so richtig kapiere ich es immer noch nicht, dass der Grund dafür ich bin.

»Marie …«, sage ich.

Sie schmiegt sich an mich. »Was ist?«

»Nichts. Ich bin nur so froh gerade.«

Und dann küssen wir uns wieder.

Als ich endlich, endlich auf die Klingel drücke, fragt Marie: »Was ist eigentlich mit Hamza? Wollen wir ihn vielleicht besuchen fahren?«

Hamza! Klar! Ich vermisse ihn schon. Ich muss ihm unbedingt von Marie erzählen. Und mit ihr zusammen hinzufahren, wäre noch tausendmal besser!

»Super Idee! Ich schreib dir. Ich hab ja jetzt deine Nummer.«

Und dann küssen wir uns noch einmal.

»Nelson!!« Mama umarmt mich, als hätte ich mich ohne Wasservorräte durch die Sahara geschlagen.

»Hallo, Mama! Warum machst du dir immer solche Sorgen? Ich bin so gut wie erwachsen! Wie war es bei Tante Luisa?«

»Nelson, ich bin fast umgekommen vor Sorge, als der Anruf von Herrn Zimmermann kam! Was hast du dir eigentlich gedacht?!«

»Herr Zimmermann? Der hätte mal lieber besser auf Hamza aufpassen sollen. Hamza ist von der Mutprobe runtergefallen und hat sich das Bein gebrochen! Voll krass, oder?«

»Oh Gott, Nelson, das klingt ja furchtbar!«

»Ja. Und er ist auch noch in Mecklenburg-Vorpommern deswegen. Und morgen fahre ich ihn besuchen. Also ich und Marie.«

»Nelson – «

»Was?«

»Du bist kaum angekommen!«

»Ja und? Was würdest du denn machen, wenn dein bester Freund im Krankenhaus liegt?«

»Und wer ist Marie?«

»Meine Freundin.« Ich sage es einfach so. Als wäre es etwas total Normales.

»Deine Freundin??«

»Ja.«

Mama setzt sich auf die Couch.

Ich laufe im Wohnzimmer hin und her und dann setze ich mich neben sie. Und erzähle von Marie. Wie sie vor ein paar Monaten neu in unsere Klasse gekommen ist, zusammen mit Barin. Wie schlau sie ist. Wie blond sie ist.

»Du wirst sie richtig mögen, Mama, du magst doch schlaue Leute! Sie ist fast *zu* schlau. Manche nennen sie sogar Streberin.

Aber da werde ich in Zukunft schon für sorgen, dass die das lassen. Ibo kann so derbe fies sein.«

Meine Mutter guckt, als glaubt sie kaum, dass ich mit einem Mädchen zusammen bin, die so schlau ist, dass sie Streberin genannt wird.

»Na ja, und morgen fahren wir jedenfalls zurück nach Mecklenburg-Vorpommern. Ich bin nun mal Hamzas bester Freund. Sein Blutsbruder, genauer gesagt.«

»Aber …«

»Ist ja auch Wochenende morgen. Wo ist also das Problem?«

»Nelson«, sagt Mama streng, »du warst gerade ohne Erlaubnis eine Nacht nicht zu Hause! Verstehst du überhaupt, dass ich mir sehr große Sorgen gemacht habe?«

Ich entdecke, dass sie plötzlich Tränen in den Augen hat und sehe schuldbewusst zu Boden. »Ich werde das nicht wieder machen. Versprochen!«

Sie atmet tief aus.

»Ich werde das wirklich nie wieder machen, Mama. Es war wirklich … nicht korrekt. Tut mir leid! Darf ich bitte morgen mit Marie zu Hamza ins Krankenhaus fahren?«

Mama sieht mich zweifelnd an, dann nimmt sie ihr Handy.

»Wen rufst du an?«

»Ich hab eine Idee.«

Jemand nimmt ab, und es wird klar, dass es Tante Luisa ist.

»Luisa, ich hab eine Bitte … Von dir ist es nicht so weit, und ich ohne Auto kann ihn natürlich nicht fahren … Seine Freundin kommt auch mit … Ja, Nelson hat jetzt eine richtige Freundin, stell dir vor … Wird erwachsen, unser Junge … Toll. Danke.«

Sie legt auf, schaut mich an, und dann legt sie den Arm um mich. »Ach, Nelson.«

»Was?«

»Nur, dass du schon so groß bist. Man merkt es gar nicht, wie die Zeit vergeht.«

»Jetzt werd doch nicht so sentimental, Mama.«

»Jedenfalls, ihr fahrt morgen mit dem Zug zu Luisa nach Schwerin, da kommt man mit dem Zug gut hin, und die Strecke kennst du ja auch. Und Luisa fährt euch dann mit dem Auto zu Hamza nach Neustrelitz.«

19

NELSON

Aber am nächsten Morgen klingelt das Telefon und Tante Luisa ist dran und sagt, dass Hugo, mein kleiner Neffe, Fieber hat und Onkel Michi, also mein Onkel, Bereitschaftsdienst. Und dass es ihr leidtut und sie sehr gerne mit mir und meiner Freundin nach Neustrelitz gefahren wäre, aber dass eben leider nichts daraus wird.

Ich lege auf, total enttäuscht. Nicht nur, dass ich Hamza besuchen will. Ich hatte mich auch derbe darauf gefreut, mit Marie zusammen unterwegs zu sein. Ohne Klasse. Ohne Erwachsene – also fast.

Und da kommt mir eine Idee.

»Hat jemand angerufen?«, fragt Mama, die gerade aus dem Schlafzimmer kommt.

»Ja, irgend so ein Werbefuzzi.«

Marie und ich haben ausgemacht, dass wir uns an der Bushaltestelle treffen. Es ist dieselbe Haltestelle, an der wir uns über den Weg gelaufen sind, als Katharina bei mir übernachtet hat.

Marie ist schon da, und als ich sie sehe, wie sie mir mit diesen leuchtenden Augen entgegenschaut, kann ich das Glück kaum aushalten.

Ich nehme sie in den Arm und sie presst ihren Mund auf meinen und ich will sie einfach nie, nie mehr loslassen.

Als wir im Bus sitzen, fällt mir ein, dass ich ihr noch sagen muss, dass Tante Luisa abgesagt hat.

Aber was ist, wenn sie dann komplett die Lust verliert? Ich bin ehrlich gesagt selber noch nie getrampt …

»Wir haben ein kleines Problem«, fange ich an. »Meine Tante kann uns nämlich doch nicht fahren … und meine Mutter hat mir nur 15 Euro gegeben, das reicht nicht für ein Ticket bis nach Neustrelitz …«

Ich traue meinen Ohren nicht, als sie sagt: »Wir könnten doch einfach trampen! Fänd ich voll abenteuerlich!«

»Ich auch!«, sage ich aufgeregt. »Das macht garantiert viel mehr Spaß!«

Marie hat schon ihr Handy gezückt und schaut sich das Straßengewirr von Hamburg an. »Dann sollten wir uns vielleicht hier an die Autobahn stellen«, sagt sie und tippt auf das Display. »Was meinst du?«

Ich nicke, und bin ganz schön verwirrt. Meine Freundin ist *noch* toller, als ich dachte. Nicht nur schlau, sondern auch mutig. Jemand, mit dem man Sachen erleben kann. Das finde ich richtig gut.

Wir fahren ans andere Ende von Hamburg, unserem eigenen Stadtteil genau gegenüber, so weit wie es geht raus aus der Stadt. In einer Gegend mit Einfamilienhäusern steigen wir aus und laufen zur Autobahnauffahrt. Marie hat im Gegensatz zu mir genug Datenvolumen auf dem Handy, also ist es nicht schwierig, den Weg zu finden. Es ist nur ziemlich weit. Als wir endlich an einem passenden Platz stehen, an der Landstraße kurz vor der Auffahrt, ist es schon Mittag.

Zwei Stunden später hat immer noch keiner angehalten. Erst finden wir das nicht schlimm. Wir reden total viel, Marie erzählt mir zum Beispiel, dass sie dachte, dass Katharina meine Freundin ist, als sie uns zusammen an der Haltestelle gesehen hat, und super eifersüchtig war. Ich beruhige sie und sage ihr, dass Katharina zwar einmal bei mir übernachtet hat, weil ich ihr helfen musste, aber dass sie nie, nie so wichtig für mich war wie sie, Marie.

Und ich frage sie, warum Hamza und sie sich nachts auf dem Hof umarmt haben, wenn doch nichts war zwischen ihnen, und sie erzählt mir eine krasse Story darüber, wie sie von der Polizei geschnappt wurde, weil sie ein Wahlplakat umgeschrieben hat. Sie bekommt sogar eine Anzeige deswegen! Ich bin voll überrascht, dass Marie so was draufhat. Sie ist wirklich jemand, mit dem man Sachen erleben kann. Von wegen Streberin. Ich erzähle ihr, dass ich auch so ein Plakat gesehen habe, und da fällt mir die Sache mit den Jungs auf den Fahrrädern ein, und ich erzähle das auch. Und wenn wir gerade nicht reden, dann küssen wir uns, und ich bin immer noch total erstaunt darüber, dass mein Leben jetzt so großartig ist.

Ganz vergessen wir aber nicht, dass wir nach Mecklenburg-Vorpommern wollen, und immer, wenn ein Auto kommt, halten wir den Daumen raus. Es hält nur keiner.

Ein uralter grüner Mercedes fährt erst wie alle an uns vorbei, doch dann bremst er zehn Meter weiter quietschend ab und rollt zurück. Ein Mann mit zerknittertem Gesicht kurbelt das Fenster herunter. »Wohin?«

»Neustrelitz«, sage ich.

»Steigt ein.«

Die Rückbank ist komplett mit irgendwelchen Sachen vollgestellt. Wir schieben sie zur Seite und ich setze mich daneben, aber Marie muss auf den Beifahrersitz.

»Florian«, sagt unser Fahrer.

»Nelson.«

»Marie.«

Für sein Alter ist der Mercedes ziemlich schnell. Gut für uns, es ist inzwischen fast 16 Uhr. Florian erzählt uns von seiner Scheidung, und ich streichle mit dem Zeigefinger Maries Nacken, damit sie sich nicht allein da vorne fühlt, und sie schiebt zwischen Sitz und Autotür ihre Hand hindurch, um meine zu halten.

Zwei Stunden später, wir wissen inzwischen alles über die Ex von Florian und ich hoffe, dass ich ihr nie begegne, sind wir in Neustrelitz.

»Dann schmeiß ich euch hier raus«, sagt Florian, »das ist sozusagen das Zentrum. Auch wenn man das nicht unbedingt sieht.«

Wir trauen uns nicht, zu fragen, ob er uns bis zum Krankenhaus fährt, sondern bedanken uns ein paarmal und steigen aus.

»Hey! Wir haben's geschafft!«, sagt Marie und gibt mir erst ein High five und dann einen Kuss.

Mit Maries Handy finden wir heraus, wo die Klinik ist. Sie ist fünf Kilometer entfernt. Aber wir haben beide Hunger, also beschließen wir, erst zum Supermarkt zu gehen und etwas zu essen zu kaufen.

Der Supermarkt ist genau in der anderen Richtung als die Klinik. Als wir ankommen, hat er gerade zugemacht.

»Unglaublich, dass es noch Orte gibt, wo die Supermärkte um 18 Uhr schließen«, sagt Marie.

»Ich glaube, ich verhungere gleich«, sage ich.

»Wenn wir uns beeilen, können wir vielleicht Hamza sein Abendbrot wegessen.«

»Hm, ich hätte lieber Döner als so ein ekliges Krankenhauskäsebrot.«

»Warst du mal im Krankenhaus?«

»Nee. Mein Papa.«

»Ach so. Stimmt«, sagt sie leise und drückt meine Hand.

Ohne ein Wort versteht sie mich. Sie ist das tollste Mädchen, das es gibt.

Ich nehme sie in den Arm. »Weißt du was …?«

»Nein«, sie lacht.

»Nur, dass du's weißt: Es ist ganz egal, ob ich gleich verhungere. Oder ob wir heute zu Hamza kommen oder nicht. Ist mir alles egal, solange wir zusammen sind.«

»Geht mir ganz genauso«, sagt Marie, nein, sagt meine Freundin, und küsst mich.

Hand in Hand wandern wir zum Krankenhaus. Aus einem Garten klauen wir ein paar grüne Äpfel, aber sie sind nicht nur grün, sondern auch hart, also schmeißen wir sie wieder weg. Es ist nach halb acht, als wir am Krankenhaus ankommen.

Im Eingangsbereich gibt es eine Anmeldung.

Marie geht gleich darauf zu.

Ich bleibe ein paar Schritte hinter ihr. Das letzte Mal war ich in einem Krankenhaus, um meinen Vater zu besuchen, und ohne dass ich es will, muss ich daran denken, wie das war, die ganze Hoffnung und alles, und wie er jeden Tag dünner wurde … Dieser Geruch hier ist genau derselbe. Dieser typische Klinikgeruch. Wäh.

Die Frau an der Anmeldung sieht uns unfreundlich an.

»Guten Abend«, sagt Marie. »Wir würden gern einen Freund besuchen! Er wurde vorgestern mit gebrochenem Bein eingeliefert.«

»Die Besuchszeit endet in zehn Minuten.«

»Oh – da müssen wir uns beeilen. Können Sie uns sagen, wo genau wir ihn finden?«

Mit mürrischem Gesichtsausdruck schaut die Frau auf die Uhr. Dann tippt sie auf der Tastatur ihres PCs herum und fragt nach Hamzas Namen.

»Hamza Doğan«, sage ich.

»Zweiter Stock, Raum 207.«

Wir gehen zum Fahrstuhl. Marie nimmt meine Hand. »Besser zehn Minuten als gar nicht.«

»Ja. Hauptsache, wir sind überhaupt gekommen.«

»Wir besuchen ihn einfach morgen noch mal«, sagt sie. »Heute kommen wir sowieso nicht mehr nach Hamburg. Müssen mal fragen, ob wir hier übernachten dürfen.«

Beim Gedanken, im Krankenhaus zu übernachten, dreht sich mir beinahe der Magen um.

Als der Fahrstuhl aufgeht, kommt ein Typ mit hart roten Haaren heraus, der einen kleinen Wagen vor sich herschiebt, mit dem man das Essen zu den Patienten bringt. Auf dem Wagen steht benutztes Geschirr und Reste vom Abendbrot. Obwohl ich den ganzen Tag nichts gegessen habe, wird mir fast schlecht.

Der Rote sieht Marie an, und sein Gesicht leuchtet auf. »Hi! Schön, dich wiederzusehen!«

»Hi«, sagt sie wie eine Eiskönigin und geht an ihm vorbei in den Fahrstuhl.

»Kennst du den?«, frage ich.

»Ja. Das war der, der mir geholfen hat, an das Plakat ranzukommen. Was ich dir erzählt habe, weißt du?«

»Der abgehauen ist, als die Polizei kam?«

»Genau.«

»Arschloch.«

Wir finden Raum 207 und machen die Tür auf. Da sind vier Betten, in dreien davon liegen alte oder ziemlich alte Männer, in einem Hamza.

Ich habe ihn noch nie so erstaunt gesehen wie in diesem Moment. Und als er begriffen hat, dass wirklich ich es bin, grinst er übers ganze Gesicht. »Nelson, Digga!!«

Wir begrüßen uns mit Ghettofaust und dann umarme ich ihn.

»Bei Gott«, sagt Hamza, »ich freu mich derbe, dich zu sehen, Bruder.«

Leider sind die zehn Minuten sehr schnell vorbei. Pünktlich acht Uhr steht eine Pflegerin im Zimmer und schickt uns raus.

»Wir kommen morgen wieder!«, sage ich zu Hamza, und dann umarmen wir uns noch mal, und Marie umarmt ihn auch. Ist irgendwie merkwürdig, das zu sehen, denn bis vor drei Tagen haben sie ja nicht einmal miteinander gesprochen. Aber ich hatte bis gestern auch keine Freundin. Und ich weiß jetzt, dass ich Hamza vertrauen kann, genau wie früher, und das fühlt sich extrem gut an.

Wir stehen auf dem Gang, die Pflegerin macht hinter uns die Tür zu Hamzas Zimmer zu, und ein Mann in einem weißen Nachthemd, das hinten offen ist, schleppt sich mit Minischritten an uns vorbei. Er riecht nach Krankheit, schiebt einen Tropf neben sich her, und man sieht seinen Arsch.

Von dem Geruch und dem bleichen Arsch wird mir so übel, dass ich mir die Hand vor den Mund halte, aus Angst, mich gleich zu übergeben.

Inzwischen fragt Marie die Pflegerin, ob man im Krankenhaus übernachten kann.

»Ja, das geht, ich muss es nur kurz noch abklären«, sagt die Pflegerin, aber ich halte mir immer noch die Hand vor den Mund und schüttle verzweifelt den Kopf.

Marie legt einen Arm um mich. »Nicht? Alles okay? Geht's dir nicht gut?«

Ich ziehe sie zum Fahrstuhl. »Mir ist schlecht.«

»Wovon?«

»Vom Krankenhaus.«

Im Erdgeschoss kommt schon wieder dieser rothaarige Trottel auf uns zu. »Ja, du«, sagt er zu Marie, »tut mir leid, dass ich dir neulich nicht helfen konnte, aber …«

»Na ja«, sagt Marie, »du hast mir ja geholfen. Ohne dich wäre ich gar nicht an die Plakate rangekommen. War bisschen blöd, dann auf einmal alleine dazustehen, aber … aber es war ja auch meine Idee.«

Der Rote sagt nichts und guckt nur schuldbewusst.

»Würdest du mir noch einmal helfen?«, fragt Marie.

»Klar! Wenn ich kann«, sagt der Rote.

»Mein Freund und ich haben nämlich keinen Schlafplatz, weißt du …«

»Das ist dein Freund?«

Er guckt mich an, als hat er außer im Fernsehen noch keinen Schwarzen gesehen.

Na ja, hat er wahrscheinlich auch nicht, das Dorfkind.

»Ja, das ist er«, sagt Marie. »Und leider wissen wir nicht, wo wir übernachten sollen.«

»Hm … wartet mal kurz. Ich hole nur meine Jacke.«

Der Rote kommt zurück und nimmt uns mit zum Parkplatz. »Meine Mutter holt mich gleich ab. Wir fragen sie mal, ob ihr bei uns schlafen könnt.«

»Du arbeitest im Krankenhaus, aber hast noch keinen Führerschein?«, fragt Marie.

»Was heißt arbeiten – Praktikum. Weil ich demnächst hier eine Ausbildung anfangen will. Und Fahrschule mache ich gerade. Hast du denn schon Führerschein gemacht?«

»Ich bin fünfzehn.«

»Aber einen Freund darfst du haben, wa«, er grinst. Dann gibt er mir die Hand. »Hi. Ich bin Tobi.«

»Ich bin Nelson.«

Ein Wagen hält vor uns, Tobi geht zur Fahrerseite und spricht mit der Frau, die wahrscheinlich seine Mutter ist. Er hat sich heruntergebeugt und wir können nicht hören, was sie reden.

Schließlich steigt sie aus. Sie hat kurze Haare, ist mollig, und sieht nicht direkt aus, als ob sie schon mal den Preis für Gastfreundschaft gewonnen hat.

»Guten Abend«, sagt Marie, und ich merke, dass sie sich Mühe gibt, einen guten Eindruck zu machen.

»Ihr seid Freunde von Tobi?«, fragt die Frau misstrauisch.

»Äh, ja, also –«, Maries Wangen färben sich rosa, »– wir haben uns kennengelernt, als wir mit der Klasse hier in der Jugendherberge waren, diese Woche erst.«

Die Frau dreht sich zu ihrem Sohn um und der nickt heftig.

»Und jetzt haben wir einen Mitschüler hier im Krankenhaus besucht, der sich auf der Klassenfahrt das Bein gebrochen hat. Ist aber alles später geworden als geplant, und, äh …«

Die Frau sieht nicht überzeugt aus. Wahrscheinlich müssen wir im Freien übernachten.

Egal. Hauptsache, wir sind zusammen. Und nicht im Krankenhaus.

»Na los, steigt ein«, sagt die Frau. »Ich kann euch ja schlecht hier stehen lassen.«

Wir klettern auf den Rücksitz, grinsen uns an und Marie hält mir die Hand für ein High five hin. Ich schlage ein, und lehne mich erleichtert in das weiche Polster zurück. Nach und nach verschwindet auch die Übelkeit, und dann habe ich auf einmal Hunger wie sonst was.

Meiner Mutter schreibe ich eine Nachricht, dass wir, weil es schon so spät ist, bei Tante Luisa übernachten. Ist ja auch fast die Wahrheit.

»Hast du deinen Eltern eigentlich erzählt, dass wir zu Hamza fahren?«, frage ich Marie flüsternd.

Sie schüttelt den Kopf. »Meine Mutter denkt, ich bin bei Gülcan.«

Wir verlassen Neustrelitz und fahren die Landstraße entlang. Im übernächsten Ort halten wir vor einem hellgelb gestrichenen Einfamilienhaus. Tobis Mutter lässt uns aussteigen und fährt das Auto in die Garage, während wir hinter Tobi ins Haus gehen.

»Hoffentlich kriegen wir was zu essen«, flüstert Marie.

Bei Gott, das hoffe ich auch.

»Bratkartoffeln hab ich nun natürlich nicht für fünf gemacht«, sagt Tobis Mutter, als sie in die Küche kommt. Sie schickt Tobi seinen Vater holen, dann stellt sie Teller auf den Tisch. Ich zähle, es sind fünf.

Tobis Vater kommt herein, murmelt Hallo und setzt sich an den Tisch.

Und dann kriegen wir doch alle Bratkartoffeln und Tobis Mutter macht noch Spiegeleier und stellt zusätzlich Brot und Butter auf den Tisch.

»Wo kommst du her?«, fragt Tobis Vater kauend. Ich gucke hoch – er schaut mich an.

»Hamburg«, sage ich.

»Ja, aber ich meine, wo du geboren bist.«

»Hamburg.«

Mehr reden wir nicht. Ist okay für mich – die Bratkartoffeln sind super. Lange Erklärungen, dass man gleichzeitig Deutscher und schwarz sein kann? Darauf habe ich gerade keinen Bock.

Nach dem Essen zeigt uns Tobi das Bad, und seine Mutter bezieht das Bett im Gästezimmer. Leider nur für Marie. Ich soll auf einer Luftmatratze in Tobis Zimmer schlafen.

Aber wenn man bedenkt, dass wir fast auf der Straße übernachten hätten müssen – oder im Krankenhaus – ist das nun auch nicht gerade die schlechteste Option.

Ich gebe Marie einen Gutenachtkuss, bevor sie in ihr Zimmer geht, und flüstere ihr ins Ohr, dass ich gern Arm in Arm mit ihr einschlafen würde.

Als ich auf der Luftmatratze liege, stelle ich mir vor, wie das wäre, und kann eine Zeit lang nicht schlafen.

Und ein bisschen auch deswegen nicht, weil ich überlege, wie groß die Chancen sind, dass Mama nicht erfährt, dass wir gar nicht bei Tante Luisa sind.

Aber dann schlafe ich doch ein.

20

NELSON

Ich habe Hamza schon gleich am Morgen geschrieben, dass wir uns heute draußen treffen sollten, und jemand hat ihn netterweise mit einem Rollstuhl in den Park hinter dem Krankenhaus geschafft.

Ich sitze ihm gegenüber auf einer Bank. Marie ist eine Toilette suchen gegangen. Hamza und ich nutzen die Gelegenheit für ein Gespräch unter Männern.

»Alter, da haust du einfach ab«, sagt Hamza, »und lässt dich noch zusammenschlagen dabei. Und alles wegen Marie, oder was?!«

»Ich war derbe sauer, Digga! Fand ich echt scheiße, dass du so mit ihr geflirtet hast … War das nun eigentlich ernst? Du hattest gesagt, du willst dich nicht reinhängen!«

Er grinst nur.

»Oder war das eine Art Rache?« Was ich meine, ist, dass ich ihn aus Wut geschlagen hatte.

»Quatsch, Rache.«

»Also war es ernst?«

»Du bist paranoid, Nelson.«

»Dann sag doch.«

»Is kompliziert, Digga.«

»Was is das denn für eine Antwort unter Brüdern. Kannst es ruhig sagen.« Selbst wenn er jetzt zugibt, dass er sich zwischen Marie und mich drängen wollte, werde ich es gelassen nehmen. Die Sache ist entschieden. Sie hat sich für mich entschieden.

Hamza sieht mich aufmerksam an. Dann zieht er sein Handy aus der Hosentasche. Er öffnet ein Bild und hält es mir unter die Nase.

Auf dem Bild ist ein Typ, Anfang zwanzig vielleicht, der mit breitem Grinsen in die Kamera schaut. Er hat genauso gerade, weiße Zähne wie Hamza, und einen nackten, muskulösen Oberkörper.

»Wer ist das?«, frage ich, denn ich verstehe überhaupt nichts. Was hat dieser Typ mit Marie zu tun?

»Ich kenn ihn nich«, Hamza steckt das Handy wieder ein, »ich finde ihn nur hübsch.«

Ich versuche, diese Worte so zu verarbeiten, dass sie irgendeinen Sinn ergeben. Hamza findet einen Typen hübsch, und hat ein Bild von ihm mit nacktem Oberkörper auf dem Handy … Ich habe plötzlich Gänsehaut. »Was soll das heißen?«

»Du weißt, was das heißt«, flüstert Hamza. Seine Wangen sind feuerrot. Aber er guckt nicht weg. Er sieht mir in die Augen und hält meinen Blick.

»Ich versteh nicht, was das heißt …«, sage ich hilflos.

Doch es ist eine Lüge. Ich verstehe es sehr wohl. Hamza hat mir soeben gesagt, dass er … dass er …

Ich kann mich nicht bewegen und starre ihn einfach nur an. Hamza ist – schwul??? Der respektierteste Junge des Jahrgangs ist – schwul??? Das kann einfach nicht sein. Schwul ist ein Schimpfwort, und niemand ist *wirklich* schwul. Maximal irgendwelche Typen im Fernsehen vielleicht. Im echten Leben kenne ich keinen Schwulen. Ich will auch keinen kennen, und das Allerletzte, was ich will, ist dass mein bester Freund … Wie von ganz weit weg höre ich, dass Hamza sagt: »Ibo hat das Bild gesehen.«

»Wer?!«

»Ibo hat das Bild gesehen. Er ist in unser Zimmer gekommen, der Wichser, und ich dachte, du bist es. Hab das Handy nicht schnell genug weggepackt. Weil, ich wollte es dir ja sowieso erzählen ...«

Mir ist elend. Wenn Ibo das Bild gesehen hat, dann ist es aus. Und zwar nicht nur für Hamza – das begreife ich sofort. Seit vier Jahren habe ich mit Hamza so ungefähr jeden einzelnen Tag verbracht. Es ist sonnenklar, als was Ibo unsere Freundschaft darstellen wird.

»Er hat kein Wort gesagt«, sagt Hamza. »Aber ich hab gesehen, was er dachte. Na, und deshalb hab ich dann ein bisschen mit Marie geflirtet. Hat nur nichts gebracht.«

Ich denke auf einmal an eine Situation mit Frau Häuser. Frau Häuser, die immer als oberstes Ziel hatte, dass wir ›tolerant‹ werden. Dass wir andere ›akzeptieren‹. Frau Häuser mit uns im Stuhlkreis im Ethikunterricht, wie sie mit ihrer schönen Stunde zum Thema Homosexualität so derbe krachen geht. Weil, Schwulsein, das ist das Letzte. Und das haben wir ihr damals auch klar gesagt. »Aber was, wenn euer eigenes Kind schwul wäre?«, fragte sie irgendwann verzweifelt.

»Niemals!«, sagte Duygu hart. »Niemals.«

»Umbringen«, sagte Tolga.

»Mich selbst umbringen«, sagte Karim.

»Es is haram, es is so, Frau Häuser, können Sie auch nich ändern«, sagte Djamila. Unsere Lehrerin hatte keine Chance. Wir waren uns alle einig. Auch ich. Auch Hamza – dachte ich.

Ich starre ihn immer noch wortlos an. Das kannst du nicht bringen, Bruder!, will ich sagen. Das kannst du nicht bringen an unserer Schule, das ist Selbstmord! Du bringst dich um! Und mich dazu. Und ein Gedanke ist es, der immer größer und größer wird, und am Ende alle anderen verdrängt: Ibo weiß es.

»Bei der Mutprobe …«, höre ich Hamzas Stimme wie durch eine Wand, »du warst ja nich da … Bei der Mutprobe is Ibo dann frech zu mir geworden. Kurz bevor ich dran war, hat er mich beleidigt. Er hat's zwar leise gesagt, aber es wird nich lange dauern, bis er's laut sagt. Und irgendwie konnte ich mich dann nich richtig konzentrieren. Deshalb hab ich die Stange nich richtig zu fassen gekriegt. Den Rest weißt du ja.«

Ich sehe Ibo vor mir. Über mir. Ich liege auf dem Fußweg, auf dem Bauch. Oliver hat mir die Arme auf den Rücken gedreht. Tolga hält meine Beine fest. Sie lachen und johlen. Ich versuche verzweifelt, meinen Kopf oben zu halten. Die Augen habe ich fest geschlossen, aber das hilft nicht gegen den widerwärtigen Gestank. An meinem Hinterkopf sind Ibos Hände und egal, wie sehr ich meinen Nacken anspanne, ich kann es nicht verhindern. »Probier mal, is lecker«, sagt Ibo und Oliver kreischt schadenfroh. Dann drückt Ibo mich runter.

Die latente Übelkeit, die ich seit gestern verspüre, ist nicht mehr latent. Im letzten Moment beuge ich mich nach vorn und kotze auf den grünen Krankenhausrasen.

Ich wische mir über den Mund und richte mich auf. Hamza sieht mich kalt an.

»Ich geh Klo«, murmle ich.

Als ich zurückkomme, bin ich immer noch total durcheinander. Und sauer!! Denkt Hamza, er kann sich alles erlauben? Wie kann er schwul sein, verdammt?

Er ist nicht mehr bei der Bank. Im Gras liegt die stinkende Kotze. Ich gehe ans andere Ende des Parks und schmeiße mich auf die Wiese. Das ist doch alles nicht wahr, Alter.

MARIE

Im Kopf nenne ich Tobi immer noch den Rotschopf. Er schiebt gerade den Frühstückswagen mit schmutzigem Geschirr vorbei, als ich von der Toilette komme. Ich lächle, und er zwinkert mir zu.

Wer hätte gedacht, dass es der Rotschopf ist, der uns vor der Obdachlosigkeit rettet?

Ich laufe durch den Krankenhauspark, zurück zu Nelson und Hamza, und finde das Leben super. Per Anhalter mit meinem Freund unterwegs zu sein, nicht zu wissen, wo man übernachtet, bei jemandem unterzukommen, den man vorher nicht – oder kaum – kannte: Endlich mal etwas anderes als langweiliger Schulalltag.

Doch da klingelt mein Handy und auf einmal wird mir ganz anders zumute. *Dad* steht auf dem Display. Er ruft mich selten an, mit Angelika in der Südsee herumzuschippern und mit ihr gemeinsam seine neue Wohnung einzurichten nimmt ihn voll in Anspruch. Was hat es zu bedeuten, dass er ausgerechnet jetzt …?

»Hallo?«

»Wo treibst du dich herum, Marie?«

»Äh … wieso?«

»Und warum lügst du deine Mutter an?«

»Äh …«

»Wo bist du? Ich fahre sofort los und hole dich ab.«

»Ähm …«

»Gib dir keine Mühe, erst irgendwelche Geschichten zu erfinden. Deine Mutter hat deine Freundin getroffen, bei der du angeblich übernachtet hast. Nur wusste deine Freundin nichts davon.«

Mist.

»Äh …«

»Sind das irgendwelche Jungsgeschichten, Marie?«

»Nein, äh … Ein Mitschüler hat sich das Bein gebrochen und ich wollte ihn im Krankenhaus besuchen. Ich dachte, Mom erlaubt es bestimmt nicht …«

»Also bist du im Krankenhaus?«

»Ja.«

»Okay. Ich fahre los.«

»Aber ich bin im Krankenhaus in Neustrelitz.«

»Wo?«

»Im Krankenhaus in Neustrelitz.«

Es ist leise, wie ich ihn kenne, schaut er jetzt gerade auf seinem Tablet nach, wo das ist.

»Wie kommst du nach *Neustrelitz?!* Das ist ja am Ende der Welt!«

»Ähm …«

Er seufzt. »Wo ist meine vernünftige liebe kleine Marie?«

Da möchte ich ihn am liebsten anschreien: *Und wo bist du?!*

»In zwei Stunden bin ich da.« Er legt auf.

Gleich darauf trudelt eine Nachricht von Gülcan ein.

Sorry!!! Ich hoff, ich hab dich nicht in Schwierigkeiten gebracht!!!

Ich schreibe ihr zurück, dass sie nichts dafürkann. Gestern Abend hatte ich sie natürlich noch angerufen, um ihr zu erzählen, wie wunderbar mein Treffen mit Nelson endete. Sie war total glücklich für mich, und stolz auf sich, dass sie es geschafft hatte, mich zu dem Anruf zu überreden.

Aber sie in den spontanen Plan von unserem Ausflug nach Neustrelitz einzuweihen, hatte ich schlicht vergessen.

Im Park suche ich Nelson. Er ist an einer anderen Stelle als vorhin und Hamza ist nicht mehr bei ihm.

»Wir haben ein Problem«, sage ich. »Meine Eltern haben rausgekriegt, dass ich nicht bei Gülcan bin. Und ein anderes Problem haben wir nicht mehr – wir wissen nämlich jetzt, wie wir nach Hamburg kommen.«

Nelson liegt auf dem Rasen und ist grau im Gesicht.

»Was ist los?«, frage ich.

Mühsam richtet er sich auf und fährt sich mit der Hand über die Stirn, als hätte er schlecht geträumt.

Ich kauere mich neben ihn und streichle seinen Arm. »Ist was passiert?«

Nelson stöhnt. »Ja.«

»Und was?«

Er sieht mich an, und in seinem Blick liegt Verzweiflung. »Hamza ist schwul.«

Ich reiße überrascht die Augen auf. »Hamza ist schwul? Wie kommst du denn darauf?«

»Weil er es mir gesagt hat! Ich kann es gar nicht richtig glauben. *Schwul*, Alter.«

Das hätte ich nicht erwartet. »Witzig, irgendwie«, sage ich.

»Witzig?!«

»Ja, schon, so wie er mit mir geflirtet hat auf dem Weg zur Mutprobe.«

»Das war kein Flirten. Das war Fake. Bluff. Verarsche.«

»Hm, verstehe. Schwulsein kommt wahrscheinlich nicht so gut in unserer Klasse.«

»Genau. Wobei ›nicht so gut‹ die Untertreibung des Jahres ist!«

»Hm. Mist. Und wo ist er jetzt?«

»Kein Plan. Und es interessiert mich auch nicht.«

»Es interessiert dich nicht? Wieso das?«

Er sieht mich an, als sei ich vom Mond. »Hast doch selber gerade gesagt, wie das in der Klasse kommen würde.«

»Ja und? Du willst ihn doch jetzt bestimmt nicht damit alleine lassen, oder?«

Er scheint mich nicht zu hören, stützt den Kopf in die Hände und murmelt. »*Schwul*, Digga. Das kann doch echt nicht wahr sein.« Dann schaut er mich wieder an, mit dem Blick eines gehetzten Hasen. »Ibo weiß Bescheid.«

»Ibo?«

»Ja, verdammt. *Ibo*.« Er steht auf. »Komm. Wird Zeit, dass wir nach Hause fahren.«

Ich laufe hinter ihm her. »Hey, mein Vater holt uns ab.«

»Echt? Okay. Passt ja ganz gut.«

»Er ist in zwei Stunden hier.«

Vor dem Krankenhaus setzt Nelson sich auf eine Bank. Ich setze mich neben ihn.

Nach einer Weile legt er den Arm um mich. »Sorry. Bin derbe schlecht drauf gerade.«

Es vergeht eine Minute oder zwei.

»Ibo ist ein richtiges Arschloch«, sagt er dann. »In der fünften hatte er aus irgendwelchen Gründen was gegen meine Hautfarbe. Er hat fast die ganze Klasse hinter sich gebracht, und, Alter, haben die mich fertiggemacht.«

Gülcan hatte mir schon mal davon erzählt, dass Nelson früher in der Klasse gemobbt wurde. Ich lege meine beiden Arme um ihn und drücke ihn so fest ich kann. Wie von weit her lächelt er mich daraufhin halb abwesend an.

»Wie kann man *schwul* sein?!«, sagt er wieder. »Und ich hänge jahrelang mit ihm rum und habe keine Ahnung. Die werden alle sonst was denken. Und Hoffnung, dass Ibo die Klappe hält, mache ich mir nicht. Fuck.«

Nie hätte ich gedacht, dass so etwas so ein Problem für ihn sein könnte.

Er sieht mich von der Seite schräg an. »Für Ibo gibt's nichts Besseres, als jemanden richtig fertigmachen zu können. Alter, werden die Hamza fertigmachen.«

»Hmm … also eigentlich ist er jetzt in derselben Situation wie du damals.«

Nelson grinst schief. »Na ja, wie man's nimmt. Ich hoffe, du willst damit nicht sagen, dass schwarz sein dasselbe ist wie schwul sein.«

»Für Leute wie Ibo vielleicht schon.«

Nelson nimmt seinen Arm von meiner Schulter und sieht mir ins Gesicht, eine Augenbraue hochgezogen. »Nicht im Ernst, oder? Als ob man sich seine Hautfarbe aussuchen könnte.«

»Ob man schwul ist, kann man sich aber doch auch nicht aussuchen.«

»Ist trotzdem was anderes.«

»Was haben die mit dir gemacht damals?«, frage ich leise.

»Ach, alles Mögliche. Erzähle ich dir ein andermal vielleicht.« Er stützt die Ellenbogen auf die Knie und starrt auf den Kiesweg vor uns.

»Ich weiß, wie sich das anfühlt«, sage ich.

Er richtet sich auf und sieht mir wieder ins Gesicht, und ich habe das Gefühl, etwas Falsches gesagt zu haben. »Ach ja? Du weißt, wie sich das anfühlt?«

Ich bin gekränkt. »Na ja, er hat ja auch mal überall rumerzählt, dass ich nur eine Eins in Deutsch gekriegt hab, weil ich blonde Haare habe …«

»Das ist ja echt das Schlimmste, was einem passieren kann«, sagt Nelson höhnisch.

Ich kann es nicht glauben, dass er so etwas zu mir sagt. Wuttränen sammeln sich in meinen Augen. Ich starre geradeaus, damit er es nicht sieht.

»Mich haben sie die Schultreppe runtergeschubst, und zwar mehrmals täglich. Wenn es so wehtat, dass ich geweint hab, haben sie mich ausgelacht. Sie haben nie meinen Namen, sondern immer nur das N-Wort für mich benutzt. Vor den Sportstunden hat Ibo den anderen verboten, mich ins Team zu wählen. Ein Jahr lang wollte keiner neben mir sitzen. Jeder Nachhauseweg von der Schule war ein … war eine Folter. Wie noch mal, Ibo hat gesagt, du hast in Deutsch 'ne Eins, weil du blonde Haare hast?? Mein Mitgefühl.«

Ich stehe auf. Ich habe das Gefühl, ich kann es keine Sekunde mehr ertragen, dass er so ist. Er steht auch auf, steigt über die Blumenrabatte, legt sich auf den Rasen und steckt seine Kopfhörer in die Ohren.

Ich setze mich wieder, und jetzt bin ich es, die auf diesen Kiesweg starrt, als wäre er alles, woraus die Welt besteht.

Das also ist Nelson Nummer drei. In Nelson Nummer eins hatte ich mich verliebt – in einen coolen Typen mit glitzernden Augen, der weiß, dass er mit seinem Charme überall durchkommt, immer lachend, flirtend, Unfug ausheckend.

Als ich Nelson Nummer zwei entdeckt habe, war ich verrückt vor Freude. Und das war erst vorgestern. Ich möchte weinen, als ich daran denke. Nelson Nummer zwei ist sanft und zärtlich, und für ihn schien ich der wichtigste Mensch der Welt zu sein.

Wie ich mit Nelson Nummer drei umgehen soll, weiß ich nicht. Nelson Nummer drei kommt mir vor wie ein Fremder.

Irgendwann kommt der Rotschopf aus der Klinik, in der Hand ein Sandwich. Kauend bleibt er vor mir stehen. »Na du, alles cool?«

»Geht so.«

Er setzt sich neben mich. »Dein Freund liegt da auf der Wiese.«

Als ob ich das nicht mitgekriegt hätte. »Danke für den Tipp, Tobi. Ist mir noch gar nicht aufgefallen.«

Er kaut schweigend weiter, dann hält er mir das Sandwich hin. »Willst du?«

Ich schüttle den Kopf.

Als er aufgegessen hat, bleibt der Rotschopf schweigend sitzen. Innerlich verdrehe ich die Augen.

Da fährt ein weißer Audi vor – mein Vater. Er steigt aus, kommt zu uns herüber, legt einen Arm um mich und küsst mich auf die Stirn. »Du machst Sachen, Mädchen!« Dann geht er schon wieder zum Auto.

»Tschüss, und noch mal Danke für alles. Grüß deine Eltern«, sage ich zum Rotschopf, dann drehe ich mich um und schreie: »Nelson! Wir fahren!«

Widerwillig und langsam steht er auf – offensichtlich immer noch Nelson Nummer drei.

»Was ist noch, Marie? Ich hab's relativ eilig«, sagt mein Vater.

Oh ja, wahrscheinlich wartet Angelika schon mit gepackten Koffern auf die nächste Reise.

Nelson steht jetzt neben mir, und sieht immer noch aus, als wäre Hamza nicht schwul, sondern unter ein Auto geraten.

»Meinen Freund müssen wir auch mitnehmen«, sage ich.

Mein Vater schiebt den Kopf nach vorn, als hat er mich nicht richtig gehört. »Was, du hast einen Freund? Du bist fünfzehn, Mädchen!«

»Und?«, sage ich.

»Darüber müssen wir uns noch unterhalten.« Er seufzt. »Na los, steig ein!«, ruft er dann. Nur, dass er es dem Rotschopf zuruft, der auf der Bank sitzt. Und nicht Nelson, der neben mir steht.

»*Das* ist mein Freund«, sage ich.

Auf dem Gesicht meines Vaters zeigt sich noch mehr Unglaube. Und nicht nur ich sehe es – Nelson sieht es auch. Und er dreht sich um und geht davon.

»Nelson!«, schreie ich, Tränen in der Stimme.

Er tut, als höre er nicht, und geht einfach weiter. Ich renne ihm nach.

»Marie!«, ruft mein Vater. »Ich muss los!«

»Komm jetzt mit, du Verrückter!«, zische ich Nelson ins Ohr, als ich ihn eingeholt habe.

Er antwortet nicht, und ich halte ihn am Arm fest.

»Lass mich los!«, sagt er.

Ich lasse ihn los und gehe zurück zu meinem Vater. Nelson ist ein Fremder, und ich bin nicht mehr sicher, ob ich mit ihm zusammen sein will.

»Von diesen Afrikanern solltest du Abstand halten«, sagt mein Vater, als wir auf der Autobahn sind.

Der Ärger und die Wut in mir verdreifachen sich. Erst vergrault er Nelson, weil er nicht glauben kann, dass ich einen schwarzen Freund habe, und dann auch noch das?

Er merkt nichts, sondern pocht mit den Fingern leicht auf mein Knie. »Die sind häufig im Drogenmilieu zu Hause.«

»Nelson bestimmt nicht«, presse ich hervor.

Statt einer Antwort stößt mein Vater einen Seufzer aus. »Mir war von vornherein klar, dass es die falsche Entscheidung ist, dich auf diese Schule zu schicken. Aber Sabine ließ ja nicht mit sich reden.«

»Meine alte Schule war doch zu teuer nach eurer Trennung«, sage ich mit dünner Stimme. Plötzlich bin ich nicht mehr wütend, sondern traurig. Mit meinem Vater die kaputte Ehe meiner Eltern zu diskutieren ist das Letzte, worauf ich jetzt Lust habe.

»Ja, aber ich war für eine Schule in einem anderen Stadtteil. Verstehe ich nicht, warum Sabine so überstürzt in dieses Viertel gezogen ist.«

»Weil wir so schnell nichts anderes gefunden haben für das Geld!« Ich werde wieder wütend. Warum muss ich meinen Vater daran erinnern, dass meine Mutter und ich nach der Trennung für schöne Wohnungen in teuren Gegenden die Miete nicht mehr aufbringen konnten? Als ob er davon nichts wissen würde!

»Ja, ja. Wenn man *so* sucht … Mir hätte es trotzdem besser gefallen, wenn sie dich auf eine Schule in einem anderen Stadtteil geschickt hätte.«

»Das wollte sie nicht, damit ich nicht so weit fahren muss! Und überhaupt, mir gefällt es sehr gut auf meiner neuen Schule! Ist wenigstens nicht so langweilig wie meine alte!«

Mein Vater seufzt wieder. »Aber das Milieu … man sieht ja schon, welchen Einfluss es auf dich hat.«

Ich gebe es auf. Um nicht mehr mit meinem Vater reden zu müssen, schaue ich aus dem Fenster. Und merke, welch unglaubliche Sehnsucht nach Nelson ich habe. Nach Nelson Nummer zwei, um genau zu sein.

Nach einer halben Stunde oder so biegt mein Vater in einen Parkplatz ein. »Bin gleich wieder da«, sagt er und geht Richtung Klohäuschen. Als er außer Sicht ist, schlüpfe ich aus dem Auto. Ich bin immer noch wütend. Was glaubt er eigentlich? Dass er entscheiden darf, wen ich als Freund habe, und wen nicht?! Ich renne in den Wald und schlage mich durch das Gestrüpp. Wenn mein Vater nicht damit zurechtkommt, dass ich einen schwarzen Freund habe, dann ist das sein Problem. Ich jedenfalls bin auf dem Weg zurück zu Nelson.

21

NELSON

Als ich kapiere, dass Marie weg ist, ist es zu spät. Nach und nach wird mir klar, dass ich das Beste auf der Welt hatte – zwei Tage lang. Und dann wird mir klar, dass ich selber es war, der mit dem Besten auf der Welt gestritten hat. Der das Beste auf der Welt in ein Auto steigen und davonfahren ließ.

Bin ich eigentlich komplett bescheuert?!?!

Mein Handy klingelt.

Marie.

Danke, Gott.

»Nelson? Nelson, wo bist du?«

»Immer noch vorm Krankenhaus. Und wo bist du? Marie, es tut mir leid, ich bin ein Trottel …«

Sie lacht. Ihr glückliches kleines Lachen.

Es stellt sich heraus, dass sie abgehauen ist, als ihr Vater auf einem Parkplatz haltgemacht hat, quer durch den Wald und übers Feld gelaufen und jetzt in einem Ort namens Rechlin steht.

»Rechlin«, wiederholt sie, »am Anfang vom Dorf … hier ist so ein Blumenladen.«

»Ich bin unterwegs«, sage ich.

Dann ist mein Handy tot.

Ich habe keine Ahnung, wo Rechlin ist. Aber ich werde hinkommen, soviel steht fest.

Ich gehe ins Krankenhaus und frage an der Aufnahme, wie ich nach Rechlin komme. Die Antwort ist, dass man da nur mit dem Auto hinkommt.

Am Ende des Gangs entdecke ich Tobis rote Haare und renne zu ihm.

»Hier wird nicht gerannt!«, ruft mir ein Pfleger hinterher.

Tobi weiß auch nicht, wie man nach Rechlin kommt, aber er schaut auf seinem Handy nach.

»Nicht so einfach«, sagt er, »du kannst mit dem Zug bis Mirow fahren, aber ab dort musst du ein Taxi nehmen.«

»Danke.« Ich verabschiede mich mit Ghettofaust.

»Kein Problem. Sind eigentlich alle Hamburger so durchgeknallt wie ihr?«

»Komm vorbei und guck sie dir an, Digga.«

»Hier wird nicht gerannt!«, ruft ein anderer Pfleger, als ich den Gang zurücklaufe, aber ich lasse mich nicht aufhalten. Ich jogge ohne Pause bis zum Bahnhof. Es dauert eine Dreiviertelstunde. Dort finde ich heraus, dass der nächste Zug nach Mirow erst in zwei Stunden fährt.

Verdammt.

Ich hoffe, Marie bleibt, wo sie ist.

Inzwischen habe ich schon wieder extrem Hunger. Aber die fünfzehn Euro in meiner Tasche reichen gerade für das Ticket. Ich bleibe hart.

Immer noch eine Stunde.

Ich habe solchen Durst. Ich bin so durstig, dass ich darauf warte, dass jeden Augenblick in der Landschaft gegenüber eine Fata Morgana von einer Wüstenoase erscheint.

Noch vierzig Minuten.

Was ist schlimmer, Hunger, Langeweile oder Durst? Ich kann mich nicht entscheiden.

Noch zwanzig Minuten.

Durst ist schlimmer.

Aber das ist alles egal. Solange ich Marie finde, ist alles egal.

Endlich. Der Zug.

Im Toilettenraum trinke ich Wasser aus dem Hahn, obwohl ein Schild über dem Waschbecken sagt, dass man das nicht machen soll.

Und dann bin ich ziemlich bald in Mirow.

Mirow ist so winzig, wie es klingt. Ich stelle mich an den Straßenrand, Daumen nach oben. Gestern hat es ja schließlich auch funktioniert.

Die Stunden vergehen. Ich wünschte, Annika mit ihren Rastas und ihrer katastrophalen Musik würde vorbeikommen. Meinetwegen auch Florian. Bestimmt gibt's doch noch das eine oder andere Detail, das ich über seine Ex noch nicht erfahren habe.

Weder Annika noch Florian tauchen auf. Von den Autos, die alle zehn Minuten mal vorbeirollen, hält keins.

So langsam verliere ich den Mut. Was mache ich, wenn das so weitergeht? Was macht Marie, wenn ich es nicht schaffe?

Ich habe noch einen Euro zwanzig. Kein Handy. Verzweifelt halte ich fürs nächste Auto den Daumen noch ein Stück höher und lege so viel Hoffen und Flehen in meinen Blick wie nur geht.

Wieder rauscht es vorbei.

Und dann, es ist inzwischen Abend, hält jemand. Ein alter Mann lässt die Scheibe herunter, seine Frau, die genauso alt ist wie er, lehnt sich raus und fragt mich kichernd, wo ich hinwill. Ihr Atem macht eins klar: Sie ist besoffen.

»Ach, dasliegdfüruns aufdor Stregge!«, grölt ihr Mann.

Verdammt, der Alte ist ja auch besoffen.

Ich steige trotzdem ein. Alles egal, wenn es auch nur den Hauch einer Chance gibt, dass ich heute noch zu Marie komme.

»Mirow!«, sagt der Mann lallend. »Was hasdudenndavorlorn?«

»Meine Freundin«, sage ich, was sie unglaublich lustig finden. So lustig, dass der Wagen auf die Gegenfahrbahn schlingert und zurück. Die beiden stört es nicht. Sie erzählen mir durcheinanderschreiend, dass sie gerade in Mecklenburg-Vorpommern Urlaub machen.

Zum Glück dauert die Fahrt nicht lange. Ich bin derbe froh, heil aus dem Auto zu kommen.

Im Vergleich mit den anderen Orten hier in der Gegend ist Rechlin riesig. Wie soll man da einen Blumenladen finden?

Ich gehe wahllos geradeaus, bis ich auf eine Familie stoße, die in ihrem Garten grillt.

»Entschuldigung, wo ist der Blumenladen?«

»Au«, sagt der Mann, »das ist aber nicht der nächste Weg!«

Mit der Grillzange deutet er nach links.

Ich gehe nach links, und nach einer Ewigkeit erreiche ich wirklich eine Art Blumenladen. Er liegt verlassen da, und weit und breit ist kein Mensch zu sehen. Und auch nicht meine Freundin.

Wo ist sie?? Hat sie es aufgegeben, auf mich zu warten? Hat sie beschlossen, dass es das nicht wert ist? Hat sie ihren Vater angerufen, und er hat sie abgeholt, und sie sind jetzt schon in Hamburg? Muss ich *alles* verlieren – erst meinen Vater, dann meinen besten Freund, und zum Schluss noch meine große Liebe?!? Ich schreie und trete gegen einen Zaun.

»Na na!«, sagt eine dünne, alte Stimme, »wer wird denn gleich randalieren!«

Versteckt zwischen Sträuchern steht eine ungefähr hundertjährige Frau mit einem Körbchen in der Hand, in das sie große weiße Blüten pflückt.

»Haben Sie zufällig ein blondes Mädchen gesehen?«, frage ich, »Sie wollte hier vor dem Blumenladen auf mich warten …«

»Nein, leider nicht. Du bist nicht aus Rechlin, oder?«

»Nein.«

»Wir haben hier drei Blumenläden… Vielleicht hast du dich vertan und sie wartet an einem anderen?«

Ich will einfach nur sterben, als ich das höre.

Die alte Frau guckt mitleidig und zeigt dann in zwei verschiedene Richtungen. »Elkes Blumenparadies ist hier entlang, es sind vielleicht zwei Kilometer. Und Floras Floristikfachgeschäft ist in diese Richtung. Ich würde sagen, hm, auch zwei bis drei Kilometer.«

Ich bedanke mich und schleppe mich davon. Zuerst zu Elkes Blumenparadies. Die Sonne steht schräg. Bald wird es dunkel. Was mache ich, wenn ich Marie nicht finde? Elkes Blumenparadies ist der gottverlassenste Ort, den ich je gesehen habe. Ich mache kehrt und wandere zu Floras Floristikgeschäft. Eine letzte, kleine Chance habe ich noch.

Schon von Weitem sehe ich in der Dämmerung Maries blonde Haare leuchten. Sie kauert auf dem Bordstein und hat den Kopf auf die Arme gelegt. Obwohl ich kaum mehr Kraft habe, fange ich an zu rennen.

»Marie!«

Sie steht auf, ein müdes Lächeln breitet sich auf ihrem Gesicht aus.

Wir fallen uns wortlos in die Arme.

Von Maries Handy aus rufe ich Mama an. Sie explodiert, und zwar diesmal wirklich. Eine Stunde später kurvt Tante Luisa auf den Parkplatz und bringt uns zurück nach Hamburg.

Als wir Marie vor ihrem Block absetzen, steige ich für einen

Moment mit aus. Tante Luisa ist ungeduldig, aber ich muss meine Freundin unbedingt zum Abschied umarmen und ihr einen Kuss geben und ihr ins Ohr flüstern, wie sehr ich mich darauf freue, sie gleich morgen in der Schule wiederzusehen. Trotz allem, was heute noch passiert ist – ich bin der glücklichste Mensch der Welt.

Das Gefühl von Maries weicher Wange an meiner eigenen ist noch da, als das Auto dann vor meinem eigenen Block hält. Ich konzentriere mich nur auf dieses Gefühl. Es ist der Beweis dafür, dass Marie und ich trotz dieses dummen Streits ein Paar sind.

»Ich fahr gleich zurück«, sagt Tante Luisa, »es ist schon so spät. Komm her«, sie ruffelt mir über den Kopf, »und pass auf, dass du nicht wieder solchen Blödsinn veranstaltest. Deine Mom klang ganz schön sauer am Telefon.«

Ich nicke, sage Danke und dann springe ich in zwei großen Schritten die Stufen zur Haustür hoch. Als ich vor dem Fahrstuhl stehe, merke ich, dass ich echt am Ende bin. Kein Wunder. Abgesehen von den Gummibären, die Tante Luisa zufällig im Auto hatte, hab ich seit dem Frühstück bei Tobi heute Morgen nichts mehr gegessen.

»Ich bin wirklich enttäuscht«, sagt Mama mit zittriger Stimme, »enttäuscht und sauer. Gerade hatten wir so was in der Art«, – wahrscheinlich meint sie, dass ich allein von der Klassenfahrt zurückgekommen bin – »und jetzt lügst du mich sogar an!«

Das Zittern in der Stimme und ihr Aussehen sagen mir, dass die Lage ernst ist.

So wie ich sie mustere, um ihren Zustand einzuschätzen, mustert sie mich auch. »Du hast bestimmt Hunger.«

Ich nicke, aber ehrlich gesagt, wünsche ich mir nur, dass sie nicht so fertig aussehen würde. Wenn sie so aussieht, dann ist das ein deutliches Warnzeichen dafür, dass sie auf dem Weg ist, in die nächste Depression zu schlittern.

Ich schneide mir ein paar Scheiben Brot ab und stelle Aufstriche auf den Tisch. Sobald ich den ersten Bissen gemacht habe, kann ich gar nicht schnell genug essen, so heftig ist der Hunger auf einmal wieder da. Mama sieht mir zu.

Als ich gegessen habe, legt sie mir die Hand auf den Arm und beginnt ihren Vortrag. Ich nicke schuldbewusst und verspreche wirklich alles, um was sie mich bittet, irgendwas mit Vertrauen und Gegenseitigkeit und sich aufeinander verlassen können, aber ich kann nicht zuhören, weil das Einzige, was ich in diesem Moment will, ist, dass sie nicht schon wieder in die Klinik muss.

Irgendwann macht sie eine Pause. »Hat er sich wenigstens gefreut?«, fragt sie dann. Es klingt nach Frieden.

»Wer?«, frage ich. »Ach so, Hamza.«

Und damit kommt das wieder zum Vorschein, was ich seit dem Moment, in dem Marie zu ihrem Vater ins Auto gestiegen ist, in die hinterste Ecke meines Gehirns verbannt hatte.

»Klar hat er sich gefreut. Und wie.«

Wenn alles andere wirklich passiert ist – dann ist es auch wahr, dass Hamza mir erzählt hat, dass er schwul ist. Ich stehe auf, weil ich über Hamza nicht reden will. Außerdem bin ich todmüde. Die Küchenuhr zeigt 1:10 Uhr.

»Du musst jetzt echt schlafen gehen, Mama«, sage ich und umarme sie. Sie nickt. Sie sieht nicht mehr ganz so fertig aus wie als ich ankam, aber auch nicht so, als ob es ihr gut geht. Ich gehe in mein Zimmer, lege mich ins Bett und wälze mich unruhig hin und her. Was, wenn sie morgen wieder in die Klinik muss? Was, wenn die Depression nicht mehr weggeht? Wie soll ich damit leben, dass ich schuld daran bin?

Und noch ein anderer Gedanke lässt mich nicht schlafen: Hamza. So langsam kriege ich meine Gefühle klar. Schock, weil Hamza schwul ist. Panik wegen Ibo. Aber irgendwie fühle ich mich auch betrogen … Alter, in jedem einzelnen Gespräch, das wir in unserem Leben über Frauen hatten, hat er nur so *getan*, als ob es ihn interessiert?! Er hat sich die ganze Zeit vor mir *verstellt?!* Ich frage mich, was er sonst noch so vor mir verheimlicht hat. Und dann frage ich mich, *warum* er damals eigentlich mit mir befreundet sein wollte, in der Fünften. Und plötzlich habe ich einen schrecklichen Verdacht und ein seltsames Gefühl schnürt mir die Luft ab.

22

MARIE

Auf dem Weg zur Schule erzähle ich Gülcan bis ins letzte Detail vom Trampen, davon, wie Hamza sich freute uns zu sehen, von Tobi und wie er uns davor rettete, im Freien übernachten zu müssen, vom Anruf meines Vaters, vom Streit zwischen Nelson und mir, dass er sich weigerte, mit nach Hamburg zu fahren, wie wir uns in Rechlin vor dem Blumenladen endlich wiederfanden und uns zum Schluss seine Tante dort abholte. Ihre Augen sind kugelrund vor Staunen. »Ja, man muss sich nur mal raustrauen, dann erlebt man so einiges!«, sage ich vielleicht ein wenig großspurig und drücke sie an mich. »Keine Angst, ich werde schon dafür sorgen, dass du auch mal rauskommst.« Ihr Gesichtsausdruck daraufhin lässt verschiedene Interpretationen zu.

Ein kleines Detail behalte ich allerdings für mich.

Dass Hamza schwul ist, davon erzähle ich meiner besten Freundin nichts. Irgendwie bin ich mir nämlich nicht sicher, ob es okay wäre, etwas, das Hamza bisher nur Nelson erzählt hat, weiterzuerzählen, wenn es auch Gülcan wäre.

Zu Beginn der ersten Stunde – Deutsch bei Frau Ludwig – ist Nelson noch nicht da. Ich rutsche nervös auf meinem Stuhl hin und her. Was ist los? Ist ihm klar geworden, dass ich doch nicht die Richtige für ihn bin, und weiß nicht, wie er es mir beibringen soll?

Doch ungefähr zehn Minuten nach Unterrichtsbeginn steckt er den Kopf zur Tür herein. Er sieht verschlafen aus, aber als er mich sieht, leuchtet sein Gesicht auf. Mein Herz macht einen Hüpfer vor Freude.

Frau Ludwig sieht weniger freudig aus. »Pünktlich wie ein Uhrwerk, ganz wie gewohnt!«, sagt sie sarkastisch, als sie ihn sieht. »Was ist dir denn heute in die Quere gekommen, Nelson?«

»Welche Frage kann einen so richtig aus dem Konzept bringen?«, fragt Nelson mit treuherzigem Blick zurück.

»Weiß ich nicht. Welche Frage denn?«, fragt Frau Ludwig.

»Kann ich deinen Fahrschein sehen?«

Alle müssen lachen, sogar Frau Ludwig, obwohl bestimmt jeder weiß, dass Nelson einfach nur um die Ecke wohnt und nie mit dem Bus zur Schule fährt. Und streng genommen hat er unserer Lehrerin ja nicht einmal eine Ausrede aufgetischt, oder hat er etwa behauptet, er sei in eine Fahrscheinkontrolle geraten? Keineswegs.

»Er ist wirklich witzig, oder?«, flüstere ich Gülcan zu, und ernte genau den gespielt-genervten Blick zur Decke, den ich erwartet habe.

NELSON

Zum Glück macht Frau Ludwig keinen Stress. Zum Glück ging es Mama heute früh schon wieder fast gut. Und zum allergrößten Glück sitzt dort drüben Marie und guckt die ganze Zeit zu mir und grinst mich vergnügt an.

Jetzt, wo ich eine richtige, echte Freundin habe, kommen mir die anderen aus der Klasse irgendwie so merkwürdig weit weg vor. Fast so, als ob ich selber erwachsen bin und sie alle Kinder. Besonders Ibo, der schwitzend und verlegen vor der Tafel steht und uns mit seiner Buchpräsentation quält.

Endlich ist er mit dem Gestotter fertig. Frau Ludwig sieht mittelbegeistert aus. Aber eine Person im Raum scheint *richtig* begeistert zu sein – Barin klatscht *zu* heftig. So, als will sie den dünnen Applaus in stürmischen Beifall verwandeln. Lustig, irgendwie.

Jetzt ruft Frau Ludwig Alex nach vorn. Während Alex präsentiert, denke ich darüber nach, ob Ibo schon angefangen hat, sein Gift gegen Hamza zu verträufeln. Hamza tut mir schon leid. Aber ich werde in Zukunft Abstand von ihm halten müssen, so viel ist sicher. Ich weiß, was es heißt, erst Ibo und dann die ganze Klasse gegen sich zu haben. Und Schwulsein, das ist das Schlimmste, was es bei uns an der Schule gibt. Nicht, dass wir das schon mal hatten. Aber viel Fantasie, sich vorzustellen, was da abgehen wird, braucht man wirklich nicht. Und ich lasse mich da nicht mit reinziehen. Und schon gar nicht, wo Hamza mich die ganze Zeit belogen hat. Ich hab keinen Bock darauf, mir wieder mein Leben kaputt machen zu lassen. Gerade jetzt, wo es so schön geworden ist. Ich gucke einmal mehr zu Marie.

Wie lange Hamza wohl noch im Krankenhaus ist? Spätestens, wenn er zurück ist, setzt Ibo seine Hassmaschine in Gang, definitiv. Mann, Hamza, ist dir überhaupt klar, in was du dich hier reingeritten hast?!? Ich werde richtig wütend. Auf Ibo, auf Hamza, und ein bisschen auch auf mich selbst, weil ich immer noch so Schiss vor Ibo habe, und davor, dass er es wieder schaffen könnte, alle gegen mich aufzuhetzen. Aber am wütendsten bin ich auf Hamza, dass er so bescheuert ist, schwul zu sein, ganz egal, ob er damit sein Leben kaputt macht, oder meins.

Aber als es zur Pause klingelt, vergesse ich das alles. Ich stürze zu Marie, und ich sehe, dass sie ganz aufgeregt ist, weil jetzt gleich alle sehen werden, dass wir zusammen sind, aber vor allem sehe ich, wie froh sie ist, als sie die Arme um meinen Hals legt. »Och wie süß!«, schreien ein paar Mädchen, Karim pfeift laut durch die Zähne, und ich bin der glücklichste Mensch der Welt.

MARIE

Leider müssen wir uns nach der Schule erst einmal wieder trennen. Obwohl seine Mom, nach dem zu urteilen, was Nelson mir erzählt hat, völlig anders ist als meine, sind unsere Mütter auf dieselbe boshafte Idee verfallen: uns nämlich für das heimliche Trampen mit Hausarrest zu bestrafen.

Zum Glück gibt es Handys. Den gesamten Abend lang chatten wir miteinander.

»Und, ist die Stimmung zwischen dir und deiner Mom schon wieder besser?«, fragt mich Gülcan am nächsten Morgen.

Ich grinse schief. »Minimal. Hab das Gefühl, sie wird das durchziehen mit den zwei Wochen Hausarrest. Ich hoffe nur, dass sie sich an meinem Geburtstag wieder beruhigt hat.«

»Und dein Vater?« Gülcan hakt sich bei mir unter. »Was hat der eigentlich dazu gesagt, dass du einfach aus dem Auto gestiegen und abgehauen bist?«

»Ach ja, mein Vater«, ich seufze, »er hat gestern eine Stunde lang mit Mom telefoniert und versucht, sie zu überzeugen, dass das alles an meiner neuen Schule liegt.«

»Also wir haben dich verdorben, ja?« Gülcan lacht.

»Ja, das ist das, was er denkt.«

»Wie war denn deine alte Schule so? Hast du mir eigentlich noch nie erzählt.«

»Du kannst dir nicht vorstellen, wie langweilig. Nur reiche Kinder.«

»Ist doch cool.«

»Weiß nicht. Findest du es cool, wenn jeden Morgen als Erstes abgecheckt wird, was auf dem Schildchen an deiner Klamotte steht?«

»Hä?«

»Ja, das ist dort wirklich so.« Zum Spaß gucke ich ihr in den Kragen. »Iih! Ein billiges No-name-Shirt!«

»O. k.« Gülcan kichert. »Nicht cool.«

»Nee. Gab auch keine Türken bei uns. Oder irgendwen anders. Total langweilig.«

»Keine Türken?«, wiederholt sie erstaunt.

»Ach doch, einen gab es. Zwei Jahrgänge unter mir.«

»Was hat denn deine Mutter gesagt? Nach dem Telefonat mit deinem Dad, meine ich. Sie schickt dich doch nicht dorthin zurück, oder?«

»Meine Mom hat ausnahmsweise mal was Vernünftiges gemacht.« Ich ziehe Gülcan an mich. Nicht auszudenken, wenn ich von ihr und Nelson wieder wegmüsste. »Sie hat mich einfach gefragt, ob es mir hier gefällt, und damit war die Sache erledigt.«

»Was hast du denn gesagt?«

»Was glaubst du denn? Dass es mir gefällt, natürlich! Ich hätte doch sonst nie diese komische Gülcan kennengelernt. Und Nelson auch nicht.«

NELSON

Marie und ich sitzen auf unserem Lieblingsplatz auf dem Pausenhof, halten uns an den Händen und teilen uns ein Eis, das ich heimlich am Kiosk vor der Schule geholt habe, wo wir während der Pause eigentlich nicht hindürfen. Dabei lachen wir darüber, wie Ibo ein Stück von uns entfernt Barin von der Klassenfahrt erzählt.

»Man sieht voll, dass er sich Mühe gibt, nett rüberzukommen«, sagt Marie.

»Und auch, wie krass schwer ihm das fällt, ha, ha.«

Vielleicht, denke ich, ist Ibo, falls er sich wirklich in Barin verknallt hat, so abgelenkt, dass er einfach vergisst, was für ein Foto er auf Hamzas Handy gesehen hat? Aber auch, wenn das für jeden anderen Menschen auf der Welt zutreffen würde, nicht für Ibo. Ibo wird nie eine Gelegenheit auslassen, einen anderen fertigzumachen. Egal, ob er verknallt ist oder nicht.

Ich würde gern Marie fragen, was sie dazu denkt. Aber sie kennt Ibo einfach nicht. Sie weiß nicht, was für eine miese Ratte er ist.

MARIE

Endlich Sonntagabend. Die erste Woche Hausarrest ist herum – kaum zu glauben. Jetzt nur noch sechs Tage, dann bin ich sechzehn Jahre alt, feiere eine mega Geburtstagsparty, und dieser elende Hausarrest gehört der Vergangenheit an.

Im Telefonieren und Chatten müssten Nelson und ich inzwischen längst alle Rekorde gebrochen haben. Das Erste, was ich nach dem Aufwachen mache, ist nachzuschauen, ob er mir schon geschrieben hat. Das Letzte vor dem Einschlafen ist, dass wir uns Gutenachtküsse schicken und das Versprechen, voneinander zu träumen.

Ein letztes Mal für heute schreibe ich ihm, dass ich ihn vermisse.

Ich vermisse dich total!!! 😘😘😘

Zum Glück ist morgen Montag.
Endlich wieder Schule 😁

Ja, zum Glück!
Aber dass Nelson das mal sagen würde 😁

Ja, wenn das Frau Ludwig hören würde 😁
hört sich richtig verkehrt an 😁
Ich meine es aber 😘

Ich weiß. Ich kann es auch kaum aushalten bis morgen früh 😩
Wie lange sperrt deine Mom dich noch ein? Ich habe meiner heute das Versprechen abgenommen, dass ich an meinem Geburtstag wieder ein freier Mensch bin 😁

Dann nutze ich das, um meine Mom zu erpressen 🙂 Wenn meine Freundin Geburtstag hat, lässt sie mich raus.
Für alles andere ist sie zu nett 😉

Super 😁 Ohne dich würde ich auch gar nicht feiern

Willst du Party machen?

Ja 🙂 Am Samstag 🙂

Bockt voll 🙂

Ja 🙂 Gute Nacht! Ich schlaf jetzt und träum von dir!!! 😘😘😘

Und ich von dir!!! 😘😘😘

23

NELSON

Ich beeile mich, zur Schule zu kommen, wie ich mich an einem Montagmorgen noch nie beeilt habe. Aber dieser blöde Hausarrest macht die Schule für mich zum schönsten Ort der Welt – dem einzigen Ort, wo ich Zeit mit meiner Freundin verbringen kann! Wer hätte gedacht, dass Mama derart gemein ist. Die gesamte letzte Woche lang habe ich jeden möglichen Trick angewendet, um sie neugierig auf Marie zu machen, damit ich Marie mit zu uns bringen kann, trotz Hausarrest. Aber Mama gibt ehrlich zu, dass sie der Meinung ist, dass sie wohl ›zu lax‹ mit mir war. ›Zu lax‹. Ehrlich, wieso muss sie ihre ganze frühere Laxheit unbedingt jetzt ausgleichen?!

Marie ist schon da, und bis zum Stundenbeginn haben wir zehn Minuten miteinander, kostbare zehn Minuten, während sich der Klassenraum allmählich füllt.

Als wir schon auf unseren Plätzen sitzen, kommt an zwei Krücken Hamza hereingehumpelt. Ein Bein ist bis zum Knie eingegipst. Hamzas Anblick macht, dass ich fast ein schlechtes Gewissen bekomme. Die anderen umringen ihn, aber ich bleibe sitzen.

Ibo ist einer der wenigen, die wie ich nicht direkt auf Hamza zugestürzt sind. Stattdessen mustert er ihn mit einem heimtückischen Grinsen. Die Ratte heckt was aus!

Als Frau Ludwig kommt, müssen alle auf ihren Platz. Hamza tut, als wäre es nichts Neues, dass jetzt Theo neben ihm sitzt. Das kommt, weil ich organisiert hab, dass Gülcan auf Theos früheren Platz rutschen kann, damit für mich der Platz neben

Marie frei wird. Ist doch normal, dass ich neben meiner Freundin sitzen will.

Wenn Ibo der Klasse gesteckt hat, dass Hamza schwul ist, hat jeder Junge, der neben ihm sitzt, ein Problem.

Hamza hält Theo die Faust hin, so als ob Theo schon ewig zu unserer Gang gehören würde. Zu mir guckt er nicht mal rüber. Ist mir recht. Aber ganz korrekt finde ich es irgendwie trotzdem nicht.

In der Mittagspause bin ich endlich wieder mit Marie zu zweit. Wir sitzen in der Pausenhalle, wo kein Mensch ist, weil bei gutem Wetter immer alle auf den Hof sollen.

Aber während ich total froh bin, dass wir mal kurz Ruhe vor anderen Menschen haben – fängt sie von Hamza an. »Ich finde das irgendwie gemein, dass du dich von Hamza weggesetzt hast.«

»Ich will aber nicht auch als schwul gelten.«

»Vergessen, dass du eine Freundin hast?«, sagt sie spitz. »Mich nämlich, wenn ich dich daran erinnern darf.«

Ich nehme ihre Hand. »Als ob ich das jemals vergessen könnte. Aber vorher hab ich jahrelang jeden Tag mit Hamza rumgehangen. Und auch, wenn jeder weiß, dass wir einfach nur beste Freunde waren – ich will einfach keinen Grund liefern, wieder gemobbt zu werden. Da hab ich echt keinen Bock drauf, weißt du?«

Ich streiche ihr eine Haarsträhne aus dem Gesicht. Ich will nicht über Hamza reden. Ich will das Gefühl haben, dass zwischen ihr und mir alles in Ordnung ist, und sie küssen, und ein glückliches Lächeln auf ihrem Gesicht sehen, wenn sie mich anguckt.

Aber ausgerechnet da muss Hamza mit seinen blöden Krücken durch die ansonsten leere Pausenhalle humpeln. Marie sieht ihm dabei zu, dann guckt sie mich an. »An meiner alten Schule war ich Klassensprecherin«, sagt sie.

Ich hatte schon Angst, dass sie wieder von Hamza anfängt, und bin voll froh, dass sie stattdessen von ihrer alten Schule erzählt. »Ehrlich, hätte ich auch nicht anders erwartet von dir!«, sage ich. »Nächstes Jahr bist du auch hier Klassensprecherin, wetten? Oder gleich Schulsprecherin. Und in fünfzehn Jahren Kanzlerin.«

Sie lacht. »Red keinen Quatsch! Jedenfalls, ab der Neunten durften die Klassensprecher bei den Elternabenden dabei sein.«

»Du Arme«, sage ich und streichle die zarte Haut an ihrem Unterarm.

»Nee, das war voll interessant. Ein Junge in meiner Klasse hatte taubstumme Eltern. Und die kamen dann immer mit einer Dolmetscherin, die alles für sie in Gebärdensprache übersetzt hat. Und ein anderer Mitschüler von mir hatte zwei Mütter, die auch immer zusammen zum Elternabend gekommen sind, so wie von den anderen Mutter und Vater.«

»Und warum erzählst du mir das?« Auf einmal habe ich wieder schlechte Laune.

»Weiß nicht. Vielleicht weil … weil ich nicht verstehe, dass du Hamza so fallen lässt. Mann, du hast sogar Angst, als schwul zu gelten, obwohl du eine Freundin hast!« Sie lacht ein bisschen, aber es ist kein fröhliches Lachen.

Ich hingegen werde sauer. An ihrer Schule war's vielleicht so, dass alle zwei Mütter haben oder drei Väter, aber hier ist es halt nicht so. Und wie's hier läuft, das weiß ich ja wohl besser als sie. Ich will gerade versuchen, ihr das zu erklären, da redet sie schon weiter, und zwar lauter und schneller als vorher: »Es kann doch nicht sein, dass ihr euch alle von Ibo so einschüchtern lasst?!«

»Das ist nicht nur Ibo!«, sage ich und sehe sie fest an. »Viele denken so. Keiner hier findet Schwule cool wie an der tollen Schule, wo du warst. *Keiner*, und ich übrigens auch nicht.«

»Ach wirklich? Hab ich noch gar nicht gemerkt«, sagt sie.

»Außerdem ist er Moslem«, sage ich.

»Na und???«

»Du weißt wohl gar nicht, dass die nicht schwul sein dürfen?!«

»Klar weiß ich das! Aber Religion ist Privatsache.« Sie zieht die Beine hoch, legt die Arme um die Knie und sieht genervt aus.

Ich denke daran, wie sie mir in Neustrelitz vor der Klinik, als wir gestritten haben, hinterhergelaufen ist und mich holen wollte, damit ich mit ihr und ihrem Vater nach Hamburg fahre. Und daran, wie ich nicht mitgegangen bin. Und daran, wie sie dann weg war.

Ich will alles außer einen neuen Streit mit ihr.

Also lege ich meinen Arm um sie. »Marie«, sage ich zärtlich, gebe ihr einen Kuss und versuche, dieses blöde Thema mit einem Witz zu beenden. »Wenn du nicht aufhörst, die ganze Zeit von Hamza zu reden, dann fange ich wieder an zu glauben, dass du in *ihn* verliebt bist, nicht in mich.«

Die Pause ist inzwischen zu Ende und durch die Halle, in der wir sitzen, strömen die Schüler zurück zu den Klassenräumen. Marie und ich stehen auch auf und gehen zurück. Vor unserem Raum kommt uns Tolga entgegen. Er guckt mich mit einem so dreckigen Grinsen an, wie ich es lange nicht an ihm gesehen habe. Ich habe überhaupt kein gutes Gefühl, als ich die Tür aufmache.

Sofort sehe ich das Bild an der Tafel. Es ist auch nicht zu übersehen, sondern riesig. Das Riesigste an den beiden Strichmännchen sind die Penisse, die bis an den oberen Tafelrand reichen.

Dämlich grinsend halten sich die Strichmännchen an den Händen, drum herum schweben Herzen. »Verdammt! Ich *wusste* es einfach, dass ich da mit reingezogen werde!«, sage ich. Mein Herz pocht im Hals vor Zorn, Wut, Scham. Dieses verdammte Arschloch Ibo, wie ich ihn hasse!

»Wo rein?«, fragt Marie.

Ich deute mit dem Kopf zur Tafel. Ibo hat keine Zweifel offengelassen, wer mit den Strichmännchen gemeint ist. *Hamza* steht in großen Druckbuchstaben neben dem einen, und dazu ein Pfeil, damit es auch wirklich jeder kapiert. Neben dem anderen steht *Nelson.*

»Wo ist die Ratte?!«, brülle ich. Nicht hier jedenfalls.

Zum Glück auch noch nicht so viele andere. Nur Emine und Viktoria sitzen schon auf ihren Plätzen. Sie sehen mich mitleidig an. Außer ihnen hat es Tolga gesehen, überlege ich schnell, sonst noch niemand.

Ich greife nach dem Schwamm, Marie hilft mir. »Es war doch Ibo?«, frage ich Emine und Viktoria, als die Tafel sauber ist. Sie gucken sich an, dann nicken sie. Dieser Wichser, sobald er auftaucht, werde ich ihm die Fresse polieren! Aber die Klasse füllt sich, auch Frau Ludwig taucht auf und erst kurz nach dem Klingeln stolziert wie der größte Boss Ibo herein. Er sieht sehr zufrieden aus. Ich weiß nicht, wohin mit meiner Wut!

Nach Deutsch ist Unterrichtsschluss und ich habe keinen anderen Gedanken im Kopf, als hinter Ibo her und ihn gegen die Wand schleudern. Aber Frau Ludwig hält mich auf. »Nelson, hiergeblieben! Wir müssen dringend darüber reden, wann wir nun endlich mit deiner Buchpräsentation rechnen können!«

»Nicht jetzt, *bitte!*«, sage ich, aber sie stellt sich mir tatsächlich in den Weg. Als Marie und ich endlich aus dem Schulhaus kommen, ist Ibo natürlich längst weg.

»Ich wusste es!!«, sage ich immer wieder. »Verstehst du jetzt, warum ich mich von Hamza weggesetzt habe?!«

Marie streichelt meinen Arm. »Wenn du nicht darauf reagierst, dann hört Ibo auf damit. Aber wenn du zeigst, dass es dich ärgert, dann findet er nur *richtig* Spaß daran.«

Ich kicke eine leere Getränkedose vom Fußweg auf die Straße. Am liebsten hätte ich einen Boxsack vor mir. Nein, am allerliebsten Ibo. »Bei Mädchen funktioniert das vielleicht«, sage ich. »Aber ganz sicher nicht bei Ibo. Glaub mir, der wird nicht aufhören. Auch nicht, wenn ich so tue, als ob mir das alles nichts ausmacht.«

»Alles okay??«, fragt Mama, als ich zur Wohnung hereinkomme. Sie liest in meinem Gesicht wie in einem Buch, das ist echt unnormal.

Und supernervig. Besonders an diesem Tag. Was soll ich denn jetzt sagen??

»Alles okay«, murmle ich, nehme mir ein Glas Saft und verziehe mich in mein Zimmer.

Aus dem Fenster sehe ich drüben auf dem Bolzplatz Karim, Alex und Julius beim Kicken. Ibos kranke Zeichnung an der Tafel haben sie heute zwar nicht zu sehen bekommen, aber nur, weil Marie und ich zufällig schneller waren. Kann sein, dass sie trotzdem schon Bescheid über Hamza wissen. Ich versuche, an irgendetwas zu erkennen, ob Ibo sie bereits gegen ihn und damit gegen mich aufgehetzt hat.

Wenn man wenigstens wüsste, woran man ist.

24

MARIE

Gülcan und ich sind auf dem Weg zur Schule, und leider kann ich wieder nicht mit ihr über das reden, was mich am meisten beschäftigt.

»Wäre Jason Deluro was für Samstag?«, fragt sie, und, als ich sie verdutzt angucke, dreht sie die Augen gen Himmel und fügt hinzu: »Na, für deine Party, meine ich!«

»Äh, bestimmt eine gute Idee!«, sage ich. Zu gern würde ich ihr von der Tafelzeichnung erzählen. Aber wenn ich das mache, kann ich nicht verschweigen, was mit Hamza los ist. Und ich musste Nelson versprechen, dass ich auf gar keinen Fall irgendjemandem davon erzähle. *Wieso muss alles so kompliziert werden, einfach nur, weil jemand schwul ist?*, denke ich ein bisschen traurig.

»Hallo ihr beiden«, sagt Nelson, als wir ihn vor seiner Haustür abholen, und gibt mir einen Kuss.

»Hi, Nelson. Also, Lana auf jeden Fall«, nimmt Gülcan den Faden wieder auf, »aber auch noch was Schnelleres.«

»Lana, welche Lana?«, fragt Nelson.

»Lana del Rey natürlich«, sagt Gülcan, »unsere Lieblingssängerin. Wir stellen die Musik für die Party zusammen.«

»Lana *del Rey*, im Ernst jetzt?«, sagt Nelson. »Also, ein *bisschen* Lana Del Rey ist natürlich in Ordnung. Am Ende nämlich, wenn du willst, dass die Leute langsam abhauen.«

»Was stimmt nicht mit dir, Nelson?!«, ruft Gülcan.

»Es *ist* so, seht's einfach ein: Zu viel Mädchenmusik gibt keine gute Party«, sagt Nelson mit seinem typischen Grinsen.

»Siehst du, Marie«, meint Gülcan, »ich hab dir schon immer gesagt, der Junge ist nicht normal.«

»Hat sie das?«, erkundigt sich Nelson.

»Hat sie«, sage ich. »Von vornherein hat sie mich vor dir gewarnt. Aber ich hoffe ja nach wie vor, dass das unbegründet war. Wenn du auch keinen Musikgeschmack hast.«

Trotz allem, was mir durch den Kopf schwirrt wegen Hamza und Nelson, was immer verwirrender zu werden scheint, bin ich doch aufgeregt wegen meiner Geburtstagsparty in vier Tagen. Aber noch viel mehr freue ich mich darauf, danach Nelson sehen zu können, wann immer ich möchte!

Ein Stück vor uns laufen Julius, Alex und Karim, und zwischen ihnen humpelt Hamza. Da kommt auf dem Fahrrad plötzlich Ibo an uns vorbeigeprescht. Von der Seite sehe ich auf seinem Gesicht sein mir wohlbekanntes, boshaftes Grinsen.

»Zeigst du Fotos von deinem hübschen Freund?«, schreit er in Hamzas Richtung. Vor Schreck stolpere ich fast.

Außer Hamza drehen die Jungs sich nach Ibo um.

»Wollt ihr jetzt alle schwul werden, oder was?!« Ibo lacht aus vollem Hals.

»Was laberst du, Scheißwichser!«, ruft Julius.

»Hamza hat Fotos von Schwulen auf seinem Handy! Fotos von *Schwulen!!*« Ibo quietscht vor Vergnügen. »Hab ich mit meinen eignen Augen gesehn, ich schwör, Digga!«

Hamza bleibt vollkommen ruhig. »Ibo, hau ab und laber hier kein Müll«, ruft er. »Sonst verlier ich eventuell meine gute Laune. Alter, der Typ hat doch 'ne Vollmeise. Was der alles ›sieht‹. Würd mich nich wundern, wenn er auch Gespenster sieht, der Schrumpfkopf.«

»Wart's mal ab, bis das dein Vater mitkriegt!«, schreit Ibo im Davonfahren.

»Was sollte *das* denn?«, fragt Gülcan verwundert.

Ich zucke die Schultern, weil mir irgendetwas Besseres einfach nicht einfällt.

»Ibo dreht jeden Tag mehr durch, den kann man einfach nicht für voll nehmen«, murmelt Nelson.

NELSON

Mir wird klar, dass die Sache noch viel ernster ist, als ich bisher dachte. Wir gehen weiter, aber weder Marie noch Gülcan oder ich haben Lust, uns weiter über Musik zu unterhalten.

Ich bin oft bei Hamza zu Hause gewesen. Seine Mom ist nett, aber sie hat wenig zu sagen. Bei ihm in der Familie ist sein Vater der Boss. Und über die Jahre habe ich Hamzas Vater ziemlich gut kennengelernt. Ich kenne seine Einstellung, und ich kenne seine Hand. Wenn *er* von dem Foto erfahren würde …

Ein paar Mädchen aus der Klasse tauchen auf, und Gülcan begrüßt sie und fängt an, sich mit ihnen zu unterhalten.

»Woran denkst du?«, fragt Marie mich leise.

»An Hamzas Vater«, sage ich genauso leise, »wie er so ist.«

»Und, wie ist er?«

»Also, erstens, total streng, und zweitens so … so *altmodisch*, weißt du?«

»Konservativ«, sagt sie.

»Ja, genau, konservativ.«

Ich habe jetzt erst verstanden, dass es um viel mehr geht, als nur darum, ob Hamza oder ich gemobbt werden. Eins ist klar – wenn einer nicht davon erfahren darf, dass Hamza schwul ist, dann sein Vater.

MARIE Glücklicherweise verläuft der Rest des Tages unspektakulär. Es gibt keine Prügeleien, auch keine ›Kunstwerke‹ an der Tafel oder andere Zwischenfälle.

»Hey, Marie!«, sagt Isabel nach der letzten Stunde zu mir, als ich meine Hefter und Bücher in meine Schultasche schiebe. »Soll man zu deiner Party irgendetwas mitbringen?«

»Hauptsache, du bringst gute Laune mit«, sage ich fröhlich, und bemerke, dass Barin neben uns steht und mit großen Augen zuhört.

Die Arme, die Klassenfahrt konnte sie nicht miterleben, und auf einer Party war sie bestimmt auch noch nie.

»Hast du auch Lust, zu kommen?«, frage ich.

Barins Augen leuchten auf. »Ich mein Vater frage.«

»Ja, mach das«, sage ich. Und dann kommt mir ein Gedanke. Ich gehe auf Hamza zu, der an seinem Tisch noch damit beschäftigt ist, seine Sachen einzupacken. Eine Krücke ist umgefallen, ich hebe sie auf und lächle ihn an: »Hey, wie geht's?«

Er grinst. »Na?«

Ich würde gern sagen, dass ich nichts dafürkann, dass Nelson sich von ihm weggesetzt hat. Aber am besten, ich lasse das unerwähnt.

»Nice, dass du wieder da bist«, sage ich stattdessen. »Ist es sehr nervig mit den Krücken?«

Er zuckt nur die Schultern und zeigt ein schiefes Lächeln.

»Hast du Lust, am Samstag zu meiner Geburtstagsparty zu kommen?«, frage ich.

Das Grinsen wird ein wenig breiter. »Mal gucken«, sagt er. »Abends, oder was?«

»Ab 17:00 Uhr«, sage ich.

»Mal gucken«, wiederholt er. »Ich überleg's mir.«

»Was hast du mit Hamza geredet?«, fragt Nelson mich auf dem Nachhauseweg.

»Hab ›Hallo‹ gesagt. Was hältst du eigentlich von Jason Deluro?«

»Jason Deluro ist korrekt«, sagt Nelson, »aber wenn du *Lana del Rey* spielst, dann wird das maximal eine Schlafparty, glaub mir. Dann kannst du auch gleich die Musik von Herrn Zimmermann auflegen.«

Wir kichern, und dann bleiben wir stehen und küssen uns mitten auf der Straße, und Nelson zieht mich an sich und streicht über mein Haar und die Welt um uns versinkt.

Am nächsten Morgen steht Barin mit hoffnungsvollem Blick vor mir: »Mein große Bruder mitdarf?«

Offensichtlich darf die Arme ohne Begleitung nicht mal zu einer simplen Geburtstagsparty gehen! Ich zähle also nach. Nicht mehr als zehn Gäste, hat meine Mutter gesagt. Nelson, Hamza, Karim, Gülcan, Theresa, Isabel, Victoria, Emine, Barin und Barins großer Bruder … »Geht klar«, sage ich, »ich freue mich, wenn du auch kommst! Und bring deinen Bruder gerne mit!« Barin strahlt über das ganze Gesicht.

Plötzlich steht auch Ibo neben mir. »Hey Streberin …«, er grinst. »Nee, sorry, war Spaß. Du, wenn ich meinen großen Bruder mitbringe, darf ich auch kommen?«

»Du hast einen Bruder?!«, sage ich. »Wie verkraften das deine Eltern bloß?«

Ibo zu meiner Party einladen?? Ich müsste verrückt sein! Um nichts in der Welt würde ich das tun. Ich öffne den Mund, um Ibo genau das zu sagen, um ihm zu sagen, dass ich so einen Widerling, wie er es ist, der in der Fünften meinen Freund gemobbt hat, der mich noch nie anders als ›Streberin‹ genannt und es jetzt auf Hamza abgesehen hat, nie im Leben zu meiner Party einladen würde. Doch bevor diese Worte aus meinem Mund kommen, fange ich den Blick auf, den Ibo Barin zuwirft. Und dieser Blick ist ernst, sehnsuchtsvoll, und voller unerfüllter Hoffnung. Verdutzt sehe ich zu Barin und entdecke auf ihrem Gesicht einen Widerschein derselben Hoffnung.

Diese Entdeckung verschlägt mir die Sprache. Und mit einem Mal verstehe ich, warum Ibo so gern auf die Party der ›Streberin‹ gehen will. In Sekundenschnelle entwickle ich einen Plan. »Warum nicht?«, sage ich zu Ibo, der mich jetzt erwartungsvoll ansieht. »Von mir aus kannst du ruhig kommen. Aber nur unter einer Bedingung: Dass du ab sofort Nelson und Hamza in Ruhe lässt!«

Er sieht überrascht aus, dann lacht er verlegen. »Kein Problem, klar lass ich deinen Freund in Ruhe«, sagt er mit seiner rauen Stimme.

»Und Hamza auch!«, wiederhole ich fest.

»Hamza?«, er grinst frech. Dann erinnert er sich wohl, dass Barin noch neben uns steht und aufmerksam zuhört. »Ja, okay, klar lass ich Hamza in Ruhe.«

»Okay, dann komm gern!«, sage ich und versuche, etwas in meinen Blick zu legen, das ihm verdeutlicht, dass die Hölle über ihn hereinbrechen wird, wenn er sein Versprechen jemals vergessen sollte.

25

MARIE

Die Playlists sind erstellt – eine von mir und Gülcan, eine von Nelson.

Der Kühlschrank ist voll.

Das Schild im Hausflur, dass es heute etwas lauter werden könnte, ist ausgehängt.

17:00 Uhr treffen Gülcan, Theresa und Isabel ein.

»Happy Birthday, Süße!«, schreien sie im Chor, als ich die Tür aufmache, und fallen mir der Reihe nach um den Hals.

Wir mixen einen alkoholfreien Punsch zusammen, backen kleine Schafskäse-Pasteten auf, schneiden die Erdbeertorte und den Schokoladenkuchen, den meine Mutter gebacken hat, und verteilen Erdnüsse und Salzstangen auf kleine Schälchen. Theresa und Isabel haben Luftschlangen mitgebracht, die sie auf Schränken und Lampen drapieren.

»Kommt ihr zurecht, Mädels?« Meine Mutter steht ausgehfertig in der Küchentür, bereit, mit Thomas ins Kino zu gehen und danach bei ihm zu übernachten.

»Klar«, sagen wir.

»Wenn was ist, ruf mich an«, meine Mutter gibt mir einen schnellen Kuss auf die Wange. »Und viel Spaß euch.«

Wenig später steht Nelson vor der Tür. Er umarmt mich und flüstert mir ins Ohr, dass ich das Beste in seinem Leben bin. Dann drückt er mir ein kleines Päckchen in die Hand, das ich sofort öffne. Ein wunderschönes Armband ist darin. Ich lege es um mein Handgelenk, und finde, es sieht einfach bezaubernd aus. »Warte, ich helf dir«, flüstert Nelson, schließt den Verschluss des Armbands und streichelt mir zärtlich über die Hand und den Arm. Ich glaube, wir denken beide dasselbe: Was für ein unglaubliches Glück wir miteinander haben.

Nach einem langen Kuss gehen wir Hand in Hand nach drinnen.

»Wow«, sagt Nelson, als er das Büfett sieht, »das sieht super aus!« Aber er steuert geradewegs auf die Musikbox zu, neben der mein Handy liegt. Er trennt die Bluetooth-Verbindung und verbindet die Box mit seinem eigenen Handy, woraufhin Bässe meine Wohnung erschüttern. »Wie gesagt«, ruft er zufrieden, »Lana Del Rey darf man erst ganz zum Schluss spielen. Wenn überhaupt.«

Bevor ich protestieren kann, klingelt es wieder. Es sind Victoria und Emine, und gleich darauf stürmt Karim die Treppe hoch. Hinter ihm erscheint Hamza auf seinen Krücken.

»Alles Gute!«, sagt Karim und stürmt ins Wohnzimmer, wo er Nelson eine lautstarke Begrüßung entgegenschreit.

Hamza überreicht mir mit einem Grinsen eine einzelne langstielige Blume.

Nelsons Mund öffnet sich leicht vor Erstaunen, als Hamza und ich ins Wohnzimmer kommen. Aber ich kümmere mich nicht darum, mache die Musik noch ein bisschen lauter und rufe: »Büfett ist eröffnet!«

Als die anderen sich auf das Büfett stürzen, zieht Nelson mich zur Seite: »Du hast Hamza eingeladen? Was soll *das* denn?«

»Ich mag ihn!«, sage ich. »Soll ich ihn da etwa nicht einladen, bloß, weil du gerade ein Problem mit ihm hast? Ist doch meine Party.«

Ihm fällt keine gute Antwort ein, also zuckt er die Schultern und schlendert ebenfalls zum Büfett, das bereits nicht mehr halb so schön aussieht wie vor wenigen Minuten. Mit einem großen Stück Erdbeertorte kommt er zurück, nimmt mich an der Hand und lässt mich von der Torte kosten. »Ich hab kein Problem damit, dass du ihn eingeladen hast«, sagt er mit vollem Mund, »ist doch deine Party. Ich will nur nicht, dass du hoffst, dass du mich damit irgendwie beeinflussen kannst.«

Ich überlege, ob ich ihm sagen soll, dass noch ein ganz anderer Gast auf der Gästeliste steht. Ich hätte es ja auch gestern schon erzählen können oder vorgestern, und fast wünsche ich, ich hätte das getan. Doch irgendwie befürchtete ich nach dem Gespräch mit Ibo plötzlich, es könnte Nelson möglicherweise kränken, dass ich mit seinem Feind etwas ausgehandelt habe, das ihn, Nelson, betrifft … Und auch jetzt weiß ich nicht, wie ich anfangen soll.

»Komm, lass tanzen«, sagt Nelson, bevor ich die richtigen Worte finde.

Als Nelson und ich zum ersten Mal miteinander tanzen, vergesse ich kurz meine Sorgen. Aber der Gedanke, dass bestimmt gleich Ibo auftauchen wird, macht mich doch ziemlich nervös. »Nelson …«, fange ich an, als es klingelt. Ich laufe zur Tür und hoffe von Herzen, dass es Barin ist. Doch da steht Ibo, und neben ihm ein anderer schwarzhaariger Junge. Hat er wirklich seinen Bruder mitgebracht?! Das war doch ein Witz gewesen!

»Hi«, sagt Ibo, »das'n Kollege von mir. Wohnt bei mir im Haus.«

»Erkan«, Ibos ›Kollege‹ gibt mir die Hand. »Alles Gute zum Geburtstag!«

Schon sind sie auf dem Weg ins Wohnzimmer. Ich gehe hinterher, und als ich den Ausdruck auf Nelsons und auch auf

Hamzas Gesicht sehe, glaube ich einen Augenblick lang, dass ich an einer Art geistiger Umnachtung gelitten haben muss, Ibrahim Coskun zu erlauben, zu meiner Party zu kommen. Aber Ibo und ich haben einen Deal, rufe ich mir entschlossen in Erinnerung, und wenn Nelson und Hamza davon wüssten, dann wären sie mir sehr, sehr dankbar. Es wäre nur ziemlich gut, das den beiden schnellstmöglich mitzuteilen.

»Hi!«, sagt Ibo grinsend zu jedem einzelnen. »Hi! Hi!«

»Was macht *Ibo* hier?!«, fragt Nelson mich fassungslos.

»Ibo und ich, wir –« Ibo kommt auf mich zu und unterbricht mich. »Barin ist wohl noch nicht da?«, fragt er und sieht sich neugierig um.

Bevor ich antworten kann, wandert er ins Schlafzimmer und dann in mein Zimmer. Als ob Barin sich irgendwo vor ihm verstecken würde.

»Du hast *Ibo* eingeladen?« Gülcan stellt sich zu mir und Nelson. »Hast du ganz zufällig nicht mehr alle Tassen im Schrank?«

»Ja, und das hat einen Grund«, sage ich, »er hat mich nämlich selber gefragt, und zwar, weil –«

Da steht Ibo schon wieder vor uns: »Aber Barin kommt doch noch, oder?«

»Klar kommt sie, sie hat sich doch voll gefreut«, sage ich, und Ibo verzieht sich Richtung Büfett.

»Also, wie war das jetzt?«, fragt Gülcan. »*Ibo* hat dich gefragt, ob –«

»Das geht nicht gut!«, murmelt Nelson. Ich sehe, dass er zum Büfett starrt und drehe mich um.

Dort steht Hamza. Eine Krücke hat er gegen den Tisch gelehnt, mit der anderen stützt er sich, und mit der freien Hand versucht er, Punsch in ein Glas zu füllen. Ibo packt gerade ein paar Schafskäsetörtchen auf einen Teller, und dabei fällt Hamzas am Tisch lehnende Krücke um und streift Ibo dabei ganz leicht am Bein.

»Pass auf, was du machst!«, sagt Ibo.

»Sag mir nich, was ich tun soll«, sagt Hamza.

»Ey, Scheißschwuchtel, ich wollte dich in Ruhe lassen, aber wenn du mich provozierst –«, weiter kommt Ibo nicht, denn Hamza packt ihn mit seiner freien Hand am Hals, drückt ihm den Kopf nach oben und zischt ihm etwas zu. Seine Augen sind schmal, sein Gesicht weiß vor Wut.

Es dauert nur zwei Sekunden, bis Ibo sich befreit hat. Er hat schließlich zwei Hände zur Verfügung. Und mit lautem Scheppern landet Hamza rücklings im Büfett. Die Punschschale fliegt klirrend gegen die Wand. Dem Tisch kracht ein Bein weg. Die Reste der Erdbeertorte flutschen übers Laminat.

Im nächsten Augenblick stürzt sich Karim auf Ibo und auch Ibo landet im Büfett. Der Tisch bricht vollends zusammen. Während Hamza versucht, auf die Beine zu kommen, liefern sich Karim und Ibo eine filmreife Schlägerei.

Erkan und Nelson stehen noch zögernd herum.

»Wagt es bloß nicht!«, sage ich so laut und drohend ich kann.

Zu spät. Mit Geheul stürzt Erkan sich auf Karim.

Einen winzigen Moment wartet Nelson noch. Dann hilft er Hamza hoch und reißt Erkan von Karim weg. Dadurch wird Ibo frei und rappelt sich auf. Er holt aus und haut Nelson eine rein. »Nimm das, Scheißafrikanerschwuchtel!!«

Ich merke, wie die Wut das Blut in meinen Kopf treibt.

Nelson strauchelt. Ibo holt noch einmal aus. Hamza liegt schon wieder am Boden, Erkan auf ihm.

Mit einem Satz stürze ich mich auf Ibo. »Du gemeines, hinterhältiges Biest! Ich hab dich nicht eingeladen, damit du meinen Freund beleidigst und meine Wohnung kaputtmachst!!«

Ich bin mittendrin. Ich teile Schläge aus, und ich kriege welche ab. Von fern höre ich Gülcan spitze, kleine Schreie ausstoßen.

Und dann höre ich einen anderen, lauteren Schrei. Gefolgt von einem donnernden: »MARIE!!«

Shit. Meine Mutter.

28

MARIE

Ibo und Erkan sind weg. Hamza, Karim, Theresa, Isabel, Viktoria und Emine auch.

Nelson, Gülcan, meine Mutter und ich lesen die Glassplitter auf, kratzen das zermatschte Essen vom Boden, bringen die zersplitterte Tischplatte und die Tischbeine in den Keller und versuchen, den großen rosa Punschfleck von der Wand zu reiben.

»Also, *wie* war das jetzt?«, fragt Gülcan, als wir zusammen den frisch gefüllten Plastikmüllsack nach draußen bringen, »wie genau ist Ibo auf deine Party geraten?«

»Er hat mir versprochen, dass er niemanden mehr mobbt, wenn er kommen darf. Wegen Barin, weißt du?«

»Und das hast du ihm *abgenommen?*«, Gülcan kann es fast nicht glauben. »Das ist, wie sich von Stechmücken erzählen zu lassen, dass sie dich nicht stechen«, sagt sie, »oder von Feuer, dass es nicht brennt.« Ich will ihr widersprechen, aber haben die vergangenen zwei Stunden nicht soeben bewiesen, dass sie recht hat?

Nachdem meine Mutter Nelson und Gülcan nach Hause geschickt hat, sitze ich mit gesenktem Kopf am Küchentisch und bekomme die größte Abreibung aller Zeiten. Meine Mutter ist stinksauer. In letzter Zeit redet sie ja sowieso ziemlich oft von Geld, und natürlich erläutert sie mir jetzt, was sie für die Partyeinkäufe ausgegeben hat und wie viel ein neuer Tisch kostet.

Als sie ihrem Ärger und ihrem Zorn endlich zur Genüge Luft gemacht hat und ich mich vollends wie ein Häufchen Elend fühle, sitzt sie mir erschöpft gegenüber.

»Warum bist du eigentlich nicht bei Thomas?«, frage ich.

Müde winkt sie ab. Dann seufzt sie. »Ach ja, Marie. Ich hätte schon Lust auf ein Stück Schokoladenkuchen oder Erdbeertorte gehabt. Wollen wir was bestellen?«

Meint sie das ernst?

Natürlich wollen wir was bestellen!

Eine halbe Stunde später sitzen meine Mutter und ich vor dem Fernseher, jede einen Pappteller mit Asiafood auf dem Schoß.

Auf dem Couchtisch stehen zwei riesige Stücke Schokoladenkuchen.

NELSON

»Schon zurück?«, fragt Mama. »War's schön?«

»Geht so. Bin ein bisschen eher gegangen.«

»Warum denn das?«

Aber ich gebe keine Antwort. Ich gehe in mein Zimmer und lege mich aufs Bett.

Scheißafrikanerschwuchtel.

Wie konnte sie bloß dieses Arschloch einladen?!

Ich rufe Marie an. »Hey, alles okay bei dir? Oder hat deine Mutter dich gekillt?«

»Sie war megasauer!«, sagt Marie. Es klingt, als ist sie beim Essen. »Aber jetzt sitzen wir auf dem Sofa und essen Schokoladenkuchen. Warte kurz, ich geh mal in mein Zimmer.«

»Ihr esst gemütlich zusammen Schokoladenkuchen?«, sage ich, und höre, wie Marie die Tür zu ihrem Zimmer zumacht. »Klingt, als hättest du noch mal Glück gehabt. Weißt du, was ich immer noch nicht raffe – wieso hast du das Arschloch eingeladen?«

»Wir hatten eine Abmachung …«, murmelt Marie. »Das war eine total blöde Idee … Sorry!!«

»Eine Abmachung mit Ibo?? Und was war das für eine Abmachung?«

Sie erzählt mir, und klingt dabei ziemlich kleinlaut, dass Ibo sie gefragt hat, ob er zur Party kommen darf. Weil er gehört hatte, wie Marie Barin eingeladen hat. Und dass sie im Gegenzug verlangt hat, dass er mich und Hamza in Ruhe lässt.

Ich weiß erst mal nicht, was ich sagen soll. Zu viele Gefühle vermischen sich und da ist nur Chaos. Einerseits … Einerseits ist es mir megapeinlich, dass meine Freundin und *Ibo* einen Deal darüber machen, dass er mich in Ruhe lässt.

Anderseits finde ich es aber irgendwie auch total süß, dass sie ihre Party opfert, um mich zu beschützen. Und ihre Party *hat* sie geopfert, das ist eindeutig.

»Bist du sauer?«, fragt Marie ängstlich.

»Nee«, sage ich. »Aber mach das nicht wieder, okay? Ich kann meine Sachen selber klären. Und dann … Ibo ist nicht der Typ, der sich an irgendwelche Abmachungen hält. Hätte ich dir vorher sagen können.«

Marie atmet auf. Dann sagt sie, dass sie mich mehr liebt als sonst jemanden und nur wollte, dass ich nicht wieder gemobbt werde. Mir wird megawarm ums Herz.

»Da ist noch was«, sagt sie dann und klingt wieder traurig. »Ich hab jetzt Hausarrest bis zu den Sommerferien!!«

»Oh nein«, sage ich, »das kann deine Mutter uns nicht antun!«

Wir zählen nach – bis zu den Sommerferien sind es noch drei endlose Wochen. Aber dann versichern wir uns gegenseitig, dass auch drei Wochen irgendwann vergehen, und dass das Wichtigste ist, dass wir zusammen sind. Und wir überlegen, was wir in den Sommerferien alles zusammen machen wollen. Als wir spät in der Nacht auflegen, sind wir beide wieder ziemlich glücklich.

27

NELSON

Gerade noch so geschafft! Direkt vor Herrn Zimmermann schlüpfe ich ins Klassenzimmer. Mein erster Blick geht zu Marie. Mein zweiter zu Ibo. *Zu* unfair, dass meine Freundin den ganzen Ärger abgekriegt hat, wo eigentlich er an allem schuld ist! Den neuen Tisch, den Maries Mutter jetzt kaufen muss, müsste fairerweise Ibo bezahlen. Aber was ist schon fair?!

Herr Zimmermann steht vor der Tafel und sieht irgendwie ernster aus als sonst. »Ihr habt bestimmt schon mitbekommen«, sagt er und räuspert sich, weil immer noch welche reden. »Ihr habt bestimmt schon mitbekommen, dass Barin heute fehlt.« Auf einmal sind alle leise. Ich ahne, dass nichts Gutes kommt.

»Barin und ihre Familie haben erfahren, dass sie abgeschoben werden. In acht Tagen ...«, Herr Zimmermann räuspert sich noch einmal, »in acht Tagen müssen sie zurück nach Afghanistan. Barin ist am Boden zerstört. Sie wird nicht mehr zur Schule kommen ...«

Dann ist Barin deswegen nicht zu Maries Party gekommen, denke ich.

»Oh, shit«, sagt Marie neben mir.

Ansonsten ist es komplett still. Weiß wohl keiner, was er sagen soll.

Aber da wird die Stille von einem merkwürdigen Geräusch unterbrochen. Als ich entdecke, wo es herkommt, kann ich nur murmeln: »Voll Film, Alter.«

Ibo weint! Ibo, der Hater und Mobber, weint, und das vor der gesamten Klasse!

Alle anderen sind genauso starr vor Überraschung wie ich.

Da steht Hamza auf. »Heulen hilft da nichts, Digga. Da muss man was tun.«

Es ist wieder still, nur Ibos Schluchzen ist zu hören.

»Ich hab da, ehrlich gesagt, auch schon dran gedacht«, sagt Herr Zimmermann während Ibo schnieft. »Aber von Kollegen in meinem Bekanntenkreis habe ich von drei Fällen gehört, wo die gesamte Schule demonstriert hat. Und es hat überhaupt nichts genützt.«

»Und was heißt das jetzt?«, fragt Hamza, und alle drehen sich zu ihm, gespannt, was er sagen wird, »dass wir einfach *aufgeben,* oder was??«

Herr Zimmermann kratzt sich am Kopf.

Gülcan sagt: »Was willst du denn machen? Hast du denn irgendeine Idee?«

»Zeitungen einladen! Demonstrieren! Im Fernsehen bekannt machen, dass wir da einfach nicht mitmachen! Los Leute, wer dabei ist ein Like!«

Marie neben mir streckt ihren Daumen in die Luft. Gülcan auf der anderen Seite von Marie macht es genauso. Dann Duygu, Karim, Theo, Tolga, Akif, Marvin, Djamila, ich natürlich auch, und alle anderen. Nur Ibo starrt mit offenem Mund Hamza an. Aus seiner Nase läuft Rotz.

»Wer dabei ist ein Like!«, ruft Karim. »Wer dabei ist ein Like!«

Da endlich hält auch Ibo seinen Daumen hoch, und zuletzt, mit einem breiten Lächeln, Herr Zimmermann.

Der Unterricht fällt heute aus. Wir entwerfen einen Schlachtplan, und dann machen wir uns ans Werk: Als Erstes ruft Herr

Zimmermann Barin an und fragt sie und ihre Familie, ob sie überhaupt einverstanden damit sind, dass wir uns für sie in den Kampf werfen. Nachdem wir die Erlaubnis der Familie haben, gehen Viktoria, Akif, Marie und ich in zwei Teams durch die anderen Klassen und erzählen, was mit Barin passieren soll. Als Marie und ich in der 10c sind, sagt Herr Albrecht, der Lehrer, bei dem die 10c gerade Unterricht hat, dass er jemanden kennt, der beim Hamburger Abendblatt arbeitet. Sofort nimmt er sein Handy und schreibt seinem Bekannten eine Nachricht, um ihn für eine Reportage zu uns an die Schule einzuladen.

Aufgeregt gehen wir zurück zu unseren Mitschülern, die inzwischen in den PC-Raum umgezogen sind, wo sie Beratungsstellen anschreiben, zur Lage in Afghanistan recherchieren und eine Unterschriftenaktion planen.

»Gut gemacht!«, sagt Herr Zimmermann, als wir ihm von Herrn Albrechts Idee erzählen.

Als wir nach Hause gehen, reden Gülcan und Marie von nichts anderem als von Barin, von unserer Aktion und von Afghanistan.

Ich rede nicht so viel. Ich habe so viele Gedanken im Kopf, dass ich erst mal selber darauf klarkommen muss.

Hamza ist schon korrekt, ist ein Gedanke, der immer wieder kommt. Hätte er nichts gesagt, dann hätten wir heute einfach ganz normal Unterricht gemacht. Und leider ist es unmöglich, diesen Gedanken zu denken, ohne gleichzeitig daran zu denken, wie er sich damals in der Fünften für *mich* eingesetzt hat.

Etwas trifft mich wie ein Hammer.

Fühlt sich an wie schlechtes Gewissen.

MARIE

Ich kann es kaum erwarten, dass meine Mutter nach Hause kommt. Endlich – Schlüssel im Schloss, ein »Hallo, Marie!« aus dem Flur, der Gang in die Küche, das Klacken der Mikrowelle.

Während meine Mutter ihr Pastagericht isst, erzähle ich ihr atemlos die Geschichte von Barin und der geplanten Abschiebung. »Ein Lehrer unserer Schule kennt einen Journalisten beim Hamburger Abendblatt«, schließe ich, »und am Freitag kommt dieser Journalist zu uns an die Schule, um einen Artikel über Barins Situation zu schreiben. Könntest du nicht auch mit deinem Team eine Reportage darüber drehen? Bitte! Bitte! Bitte!«

»Da müsste ich erst mal mit der Chefin sprechen«, sagt meine Mutter. »Sie hat ja ein Herz für geflüchtete Kinder und Jugendliche. Ist nur die Frage, ob sich da jetzt zeitnah eine Lücke für findet … Aber vielleicht haben wir Glück. Ich rufe sie gleich mal an.«

Telefonierend geht sie in der Wohnung auf und ab. Ich bleibe in der Küche sitzen und drücke die Daumen.

»Es sieht gut aus«, sagt meine Mutter, »die endgültige Entscheidung erfahre ich aber erst morgen.« Ich falle ihr um den Hals.

28

MARIE

Die ganze Klasse ist superaufgeregt, weil wir ins Fernsehen kommen sollen. Da meine Mutter Kamerafrau ist, ist das für mich zwar nicht direkt etwas Neues – ich war schon ein paarmal im Fernsehen, das erste Mal mit drei Jahren – aber aufgeregt bin ich trotzdem. Nur Barin, die Herr Zimmermann am Telefon überzeugt hat, doch auch wieder zur Schule zu kommen, ist noch blasser, noch ernster und stiller als sonst.

»Du bist also Barin?« Die Reporterin gibt ihr die Hand. »Guten Morgen. Wir werden heute ein paar Szenen aus eurem Unterricht filmen. Hinterher interviewen wir noch ein-zwei Mitschüler von dir, und es wäre großartig, wenn du selbst auch etwas sagen würdest.«

Barin nickt, dann schüttelt sie den Kopf – sie möchte nichts sagen. Aber im Unterricht, als gefilmt wird, meldet sie sich sogar einmal und gibt eine richtige Antwort.

In der Pause sollen die Interviews mit den Mitschülern stattfinden.

Die Reporterin sieht sich um. »Wer aus der Klasse würde denn gern etwas sagen?«

»Ibo!«, schreien einige.

Verlegen schiebt Ibo sich nach vorn.

Meine Mutter richtet die Kamera auf ihn und auf die Reporterin.

»Hier haben wir einen Mitschüler von Barin«, sagt die Reporterin ins Mikro. »Wie heißt du?«

»Ibrahim Coskun.« Ibos Stimme ist sonst schon ein Reibeisen, aber jetzt noch viel mehr.

»Wann ist Barin zu euch in die Klasse gekommen?«

»Vor einem halben Jahr.«

»Habt ihr euch gleich mit ihr verstanden? Oder gab es Ärger, Probleme?«

»Nein, es gab nie Ärger oder Probleme. Sie ist … sie ist die Stillste und … und die Netteste. Und in Mathe zum Beispiel ist sie richtig gut.«

»Also ihr habt Barin gut aufgenommen?«

»Ja, klar.«

»Wann habt ihr erfahren, dass sie abgeschoben werden soll?«

»Vor zwei Tagen.«

»Wie war das für euch?«

»Ein echter Schock. Also, für *uns* ist das schon ein echter Schock, aber wir bleiben hier … für sie ist es ja noch viel schlimmer …«

»Warum denkst du, dass es für sie noch viel schlimmer ist? Schließlich ist Afghanistan ja auch irgendwie Barins Zuhause, oder?«

Ibo schnaubt. »Irgendwie, genau. Dabei weiß jeder, dass in Afghanistan Krieg ist. Man braucht ja nur mal den Fernseher anschalten. Jede Woche irgendwas anderes, wo Menschen sterben … ich kann mir gar nicht vorstellen, dass jemand sie dorthin zurückschicken will … Und … Und Barin hat sich die ganze Zeit … die ganze Zeit so viel Mühe gegeben … Und jetzt … alles umsonst …«

»Danke, Ibrahim«, sagt die Reporterin, und dann mit veränderter Stimme und geradem Blick in die Kamera: »Barin hat eine Schwester bei einem Anschlag verloren. Ihr Onkel wurde auf grausame Weise von den Taliban ermordet. Liegt die Zukunft der Sechzehnjährigen, ein stilles und ruhiges Mädchen, wie auch ihr Klassenlehrer sagt, zwischen den Fronten von Kriegsparteien in einem zerrütteten Land?«

Sie dreht sich zu uns um und winkt Viktoria heran.

»Du bist …?«

»Viktoria Schwab.«

»Viktoria, die Bundesregierung hat entschieden, dass Afghanistan ein sicheres Herkunftsland ist. Ist es also nicht einfach nur fair, dass Barin dahin zurückkehren soll?«

»Aber warum werden dann Deutsche von derselben Bundesregierung vor Reisen nach Afghanistan gewarnt, wenn es doch angeblich so sicher dort ist? Ist Barins Leben nicht genauso wichtig wie unseres?«, fragt Viktoria.

Zuletzt macht meine Mutter mit der Kamera einen Schwenk über uns alle, wie wir mit Barin zusammen im Halbkreis stehen.

Ich glaube, es wird eine gute Reportage.

Auf dem Nachhauseweg habe ich heute eine größere Gruppe von Mitschülern um mich. Alle wollen wissen, wie oft ich schon im Fernsehen war, wie viel meine Mutter verdient und ob sie schon richtige Filme gedreht hat oder nur so kurze Reportagen wie heute mit uns. Barin geht heute auch mit uns zusammen, und immer mal wieder versichert ihr jemand, dass sie ganz bestimmt in Deutschland bleiben kann. Nur Nelson ist irgendwie still. Als wir uns vor seinem Hauseingang verabschieden, frage ich ihn, ob alles in Ordnung ist. »Ja«, sagt er und drückt mich an sich, »nur dass du noch Hausarrest hast, nervt ein bisschen.«

NELSON

Als ich Marie Tschüss gesagt habe, gehe ich nach oben. Zu Fuß, weil der Fahrstuhl natürlich wieder mal irgendwo feststeckt.

Aber das ist mein kleinstes Problem. Seit ein paar Tagen habe ich nur Chaos im Kopf.

Ich stelle mich auf den Balkon und versuche, über ein paar Sachen nachzudenken. Über Ibo zum Beispiel, und darüber, dass er seit Montag, als wir angefangen haben, uns gegen die Abschiebung einzusetzen, sanft ist wie ein Katzenbaby. Und über Hamza.

Mein Handy piept. Karim schreibt, dass ich zum Kicken runterkommen soll.

Ich gehe zur linken Seite von unserem Balkon, von wo aus ich den Bolzplatz sehen kann. Da sind sie alle – Karim, Julius, Alex, Tolga und Hamza. Der steht aber nur am Rand und guckt zu, weil er ja immer noch ein Gipsbein hat. Ich merke, wie sehr er mir fehlt. Auch, wenn ich jetzt Marie habe.

Seit Ibo so zahm ist, komme ich mir so dermaßen bescheuert vor. Klar, Hamza ist schwul und hat sich die ganze Zeit vor mir verstellt, mich die ganze Zeit belogen. Aber war es das wirklich wert, deswegen unsere Freundschaft aufzugeben?

Aber da ist wieder dieser Verdacht, der mich nicht loslässt. Was, wenn Hamza gar nicht nur mit mir befreundet sein wollte, sondern …? Das wäre einfach *zu* peinlich.

Karim entdeckt mich und macht Zeichen, das ich dazukommen soll. Ich bleibe trotzdem stehen.

Karim schreibt schon wieder.

Nelson Digga du kommst jetzt kicken
oder du bist der langweiligste Opfer ever!!!

Also ziehe ich meine Fußballsachen an und gehe runter. Es ist das erste Mal seit der Klassenfahrt, dass ich kicken gehe. Ich renne auf den Bolzplatz und nehme Julius erst mal den Ball ab.

»Nelson, Bro!!«, brüllt Tolga im Tor.

Ronaldomäßig jage ich dem Ball hinterher und genieße es total. Es kommt mir vor, als hätte ich ein halbes Jahrhundert lang kein Fußball gespielt, so viel ist in der Zwischenzeit passiert.

Nach dem Spiel schmeißen wir uns auf die Wiese.

»High five!«, sagt Karim und hält mir die Hand hin.

Eine Weile liegen wir einfach im Gras herum.

»Nächste Woche steht?«, sagt Julius zu Hamza.

»Klar, Digga.«

Es ist ungewohnt, Hamza über irgendwelche Pläne reden zu hören und nicht zu wissen, worum es geht.

»Kannst auch kommen«, sagt er zu mir. Das erste Mal, dass er wieder mit mir redet, seit Marie und ich ihn in der Klinik besucht haben.

»Wohin denn?«, frage ich, halb gespielt gleichgültig, halb froh, dass er mit mir redet.

»Rap-Contest«, sagt Julius. »Hamza und ich machen bei 'nem Rap-Contest mit. Im Edelfettwerk. Komm ma auch, Nelson.«

»Hm. Ma gucken.«

»Digga, was is los mit dir?!«, schreit Tolga. »Wir gehn *alle* hin!! Du bist so todeslangweilig geworden, seit du mit Marie zusammen bist, echt jetzt! Voll kelek, Alter!«

»Chill doch, Digga! Ich hab doch gesagt, ich komm.«

29

MARIE

Heute ist der Journalist bei uns in der Klasse zu Besuch. Es ist nicht ganz so aufregend, wie gefilmt zu werden, aber die Stimmung ist trotzdem richtig gut. Wir haben schließlich keinen normalen Unterricht, und außerdem sind wir alle total zuversichtlich, dass wir Barin vor der Abschiebung retten werden.

Die Stimmung ist so lange richtig gut, bis Barin anfängt, mit leiser Stimme die Fragen des Journalisten zu ihrem Leben in Afghanistan zu beantworten. Wir erfahren, dass man dort, wo sie gelebt hat, so selten wie möglich das Haus verlässt, wenn einem das Leben etwas wert ist. Dass sie jedes Mal schreckliche Kopfschmerzen bekam, wenn von draußen Gewehrsalven oder Detonationen zu hören waren, besonders dann, nachdem sie ihre Schwester verloren hatte. Dass ihre Schwester ein Jahr älter war als sie selbst und heimlich zwei Straßen weiter eine Freundin besuchen war, als der Anschlag passierte, bei dem sie getötet wurde.

Da wird die ganze Klasse mit einem Mal ernst und still. Und auch wenn ich schon die ganze Woche lang im Internet schreckliche Dinge über Afghanistan gelesen habe – jetzt, wo ich von Barins eigenen Erfahrungen höre, kann ich nicht mehr nachvollziehen, dass jemand sie oder irgendeinen anderen Menschen dahin zurückschicken will.

Als ich am Wochenende wieder alleine zu Hause sitze, weil sich meine Mutter einfach nicht erweichen lässt, sosehr ich sie auch anbettle, meinen Hausarrest aufzuheben und mir zu erlauben mich mit Nelson oder Gülcan zu treffen, drehen sich die Gedanken in meinem Kopf wild umher. Wie wäre es, in wenigen Tagen in ein Flugzeug steigen zu müssen, das einen in Kabul ausspuckt? Zu wissen, dass man seine Lehrer und neuen Freunde nie wieder sehen wird? Zu wissen, dass andere nicht der Meinung sind, man solle ein Leben in Frieden und Freiheit führen dürfen?

Ich schreibe Gülcan.

Denkst du, wir schaffen es,
dass Barin in Deutschland
bleiben darf?

Ganz bestimmt!
Wir haben die Sache
schließlich bekannt gemacht,
oder???

Ich hoffe es auch.
Bin total gespannt auf den
Zeitungsartikel.

Ich auch, und auf die Reportage!!!
Wusste gar nicht, dass du so
eine mega coole Mutter hast 🙂 🙂 🙂

Ich sinne noch auf eine bescheiden klingende Antwort, als meine megacoole Mutter zur Tür hereinkommt und verlangt, dass ich mein Zimmer aufräume. O. k., eine Kamerafrau zur Mutter zu haben ist schon etwas Besonderes. Aber im Alltag hat man davon leider trotzdem herzlich wenig.

NELSON

»Denk dran, morgen Abend is Rap-Contest«, sagt Julius vor der Schule zu mir.

»Ja, Digga, ich vergess es schon nich, entspann dich«, sage ich. Normalerweise hätte ich selber auch mitgemacht. Aber mir hat ja keiner vorher Bescheid gesagt. Ich finde es echt nicht korrekt, aber egal.

Mit Marie zusammen gehe ich ins Schulhaus. Alle Rap-Contests der Welt sind mir egal, solange wir zusammen sind.

In der dritten Stunde kommt dann endlich Herr Zimmermann mit einer Zeitung in der Hand in die Klasse. Wir drängeln uns um ihn und jeder will gucken, ob er auf dem Foto gut aussieht. »Schüler kämpfen gegen Abschiebung« heißt die Überschrift.

Herr Zimmermann will erst mal, dass wir uns alle hinsetzen. Dann erzählt er, dass wir einen kleinen Erfolg zu verzeichnen haben. Leider nur einen sehr kleinen: Er hatte letzte Woche gleich noch zusammen mit Barins Familie Widerspruch gegen den Abschiebebescheid eingelegt, und jetzt wurde die Abschiebung um zwei Wochen verschoben. Das ist aber auch alles. Barin weint, als Herr Zimmermann das erzählt. Wir sind alle entmutigt und enttäuscht. Ohne unseren Einsatz wäre Barin heute abgeschoben worden. Jetzt wird sie in zwei Wochen abgeschoben. Wo ist der Unterschied?

30

NELSON

Wir sind unterwegs zum Edelfettwerk, und für eine Weile ist alles fast normal. Fast so, als würde nicht in knapp zwei Wochen eine unserer Mitschülerinnen abgeschoben. Fast so, als hätten Hamza und ich nicht schon eine gefühlte Ewigkeit nicht mehr miteinander geredet. Wir reden zwar auch jetzt nicht miteinander, und es läuft immer einer zwischen uns, aber weil wir mehrere sind, fällt es fast nicht weiter auf.

Die anderen sind ziemlich gut drauf. Hamza und Julius tun so, als wären sie kein bisschen aufgeregt. Sie haben sich angezogen wie Profis, wie echte Rapper, und Tolga, Alex und Karim haben auch ihr Bestes gegeben.

Der Eintritt ist frei, und auf einer Bühne in einem Saal steht ein Typ, der ein bisschen aussieht wie Kay One. Der Saal ist voller Jungs im Hip-Hop-Style, und ein paar Mädchen sind auch dabei.

»Welcome, Leute!«, sagt der Typ, der aussieht wie Kay One, ins Mikro. »Zum ersten Rap-Contest im Edelfettwerk! Möge der Beste gewinnen!«

Schon steht der erste Junge auf der Bühne. Dünn wie ein Strich, aber perfekter Gangstalook. Er rappt von Geld und Fame und Gewalt auf der Straße und Mädels. Richtig geiler Rap, keine Frage.

Der Saal jubelt, als er fertig ist.

»Ein megageiler Einstieg!«, ruft Kay One. »Applaus für …?«

»Nico«, sagt der Junge.

»NICO!!«, brüllt Kay One ins Mikro.

Der nächste Rap ist auch sehr gut. Frauen, Kohle, wie hart das Leben ist. Wir sind begeistert.

»Los, jetz du, Julius!«, brüllt Alex und schiebt Julius Richtung Bühne.

Julius will erst nicht. »Ich mach nach Hamza, Leute!«

Aber wir hören nicht darauf. »Los Alter, zeig's denen!«

Kay One reicht Julius das Mikro.

Julius' Rap ist mindestens genauso gut wie der von den Leuten vor ihm. Er endet mit:

Mir geh'n langsam die Ideen aus, ich frag mich,
wann geht endlich dieser Seytan raus.

»Wer is Seytan?«, fragt mich Alex.

»Kein Plan.«

Wie ein echter Rapper steigt Julius von der Bühne. Hamza steht auf, und weil er immer noch diese blöden Krücken hat, dauert es ein bisschen länger, bis er auf der Bühne ist. Aber dort schnappt er sich das Mikro und guckt herausfordernd ins Publikum.

Einen Moment lang ist es leise. Er hat die volle Aufmerksamkeit.

Dann legt er los.

Das ist das Leben, ich bin im Rückstand
Ihr seid so Pussys, wo ist euer Rückgrat
Es ist halt so und ich kann's einfach nicht ändern
ihr mit eurer Tradition, ihr seid so von gestern.
Statt dass es besser wird, wird es immer schlimmer
Ich will das verbessern, aber ich hab keinen Schimmer.

Ich verbieg mich nicht, ich mach da nicht mit
Das Kapitel ist verloren
Ich mach den Schnitt.
Ich werd nie sagen, wär ich doch nie geboren –
ob du da mitgehst, oder nicht.

Ich bin es leid mich zu verstellen, was soll ich tun?
Meine Hände sind gebunden
Im Kopf immer wieder dieselben Runden.
Ich bin nur der, der ich sein kann
Aber wenn ich es bin, bin ich es richtig, Lan.

So ist das Leben, wann werd ich wieder glücklich sein?
Ich check das nicht, ich seh nicht den Sonnenschein.
Liegt es an mir oder liegt es an dir?
Wenn du zu mir stehst, warum bist du nicht hier?
Du bist vielleicht hier, doch ich fühl es nicht,
Warst du jemals mein Freund? Ich weiß es nicht.

Als er fertig ist, ist im Saal die Hölle los. Das Publikum brüllt und klatscht und trampelt.

Ich bin froh über den Tumult. So merkt niemand, dass mir das Blut in den Kopf gestiegen ist. Ich schäme mich. Ich habe meinen besten Freund im Stich gelassen. Ich habe ihn ganz allein gelassen, gerade als er mich am meisten brauchte. Obwohl *er* immer für mich da war. Ich fühle mich wie ein richtiger Verräter.

»Hamza, Bro!«, schreien die anderen neben mir. »Hamza forever!«

Langsam steigt Hamza von der Bühne und kommt wieder zu uns.

»Korrekt, Digga!« Julius boxt ihn in die Seite, und Karim haut ihm auf den Rücken.

Danach rappen noch ein paar andere Jungs von Money und Fame, und auch ein paar Mädchen.

Der Contest ist vorbei und wir stehen wieder auf der Straße.

»War cool«, sage ich zu Julius, weil ich nicht weiß, was ich sonst machen soll, »das mit Seytan und so.«

»Thanks, Bro«, sagt Julius und sieht so zufrieden mit sich aus, als wäre er mindestens Tupac oder Eminem.

»Wer is Seytan?«, frage ich.

»Keine Ahnung. Irgendso'n Typ. Kollege von Tolga, soweit ich weiß.«

»Aha.«

Julius grinst. »Is mir einfach so eingefallen.«

Wir machen uns auf den Nachhauseweg.

»Dein Rap war *zu* geil«, sagt Karim zu Hamza.

»Fand ich auch, Alter«, sagt Julius.

»Der beste von allen, Digga«, sagt Alex.

Ich selber vermeide es, Hamza anzugucken. Die letzte Zeile aus seinem Rap krieg ich nicht aus meinem Kopf: *Warst du jemals mein Freund? Ich weiß es nicht.*

Als ich aufwache, höre ich in meinem Kopf immer noch Hamzas Stimme: *Liegt es an mir oder liegt es an dir? Wenn du zu mir stehst, warum bist du nicht hier?*

»Nelson, komm frühstücken!«, ruft Mama.

Du bist vielleicht hier, doch ich fühl es nicht,

Warst du jemals mein Freund? Ich weiß es nicht.

Ich schleppe mich in die Küche, wo Mama schon am Tisch sitzt und aufmerksam etwas anhört, was im Radio läuft.

»Hier kommt gerade was, was vielleicht wichtig für euch sein könnte«, sagt sie, »wegen diesem afghanischen Mädchen und der Sache mit der Abschiebung, wovon du mir letztens erzählt hast.«

»*... hat der Hamburger Senat einen Abschiebestopp beschlossen*«, sagt die Ansagerin. Dann fängt sie an, übers Wetter zu reden.

»Hä? Was ist los?«, frage ich.

»Nelson! Sag nicht ›Hä‹, das heißt ›Wie bitte‹. Also, der Hamburger Senat hat entschieden, dass man Menschen jetzt wohl doch nicht nach Afghanistan schicken sollte. Dass es zu gefährlich ist.«

»Krass.«

Ich beeile mich, pünktlich in der Schule zu sein. Herr Zimmermann steht in unserer Klasse, obwohl wir dienstags die erste Stunde gar nicht bei ihm haben. Er lacht übers ganze Gesicht, und erzählt uns, was ich schon aus den Nachrichten weiß: Der Hamburger Senat hat in seiner Sitzung gestern beschlossen, dass Hamburg erst einmal niemanden nach Afghanistan abschieben wird. Weil es eben doch zu gefährlich ist. Herr Zimmermann hat auch schon bei einer Beratungsstelle angerufen und nachgefragt, ob das wirklich heißt, dass Barin nicht abgeschoben wird. Und die haben gesagt, dass das stimmt. Wir jubeln!!

»Nur wegen Hamza«, sagt Alex, »weil, sonst wäre sie jetzt ja schon weg. Und da hätte bestimmt niemand hinterher telefoniert von wegen kommt mal zurück oder so.«

»Und wegen Herrn Zimmermann!«, ruft Isabel.

»Herr Zimmermann!«, sagt Djamila. »Sie sind der beste Lehrer, echt jetzt! Das hätte echt nicht jeder gemacht!«

Herr Zimmermann winkt verlegen ab, aber Karim klatscht in die Hände, und plötzlich klatschen wir alle.

Barin selbst kommt erst in der großen Pause. Heute trägt sie ein rosa Kopftuch mit goldenen Fäden darin, und sie hat Eis dabei und selbst gebackenes afghanisches Gebäck. Alle wollen ihr gratulieren, und obwohl man merkt, dass es für sie noch ein bisschen ungewohnt ist, so im Mittelpunkt zu stehen, sieht sie total glücklich aus. Kein Wunder, wäre ich auch! Herr Zimmermann geht mit uns auf den Hof, wo wir uns auf die Wiese setzen und Eis und afghanische Kekse essen.

Und dann, gerade, als es zur nächsten Stunde klingelt und wir wieder reingehen wollen, passiert was Merkwürdiges. Ibo kommt nämlich rüber zu mir und meinen Freunden. Er guckt niemanden von uns an, also, niemanden außer Hamza. Um genau zu sein, guckt er auf den Boden vor Hamzas Füßen. »Ich find's nich gut«, sagt er, »aber ich respektier dich.«

Alle außer Marie und ich sehen sich verblüfft an.

Hamza verzieht verächtlich den Mund. »Was interessiert mich, was du gut findest? Das hab ich für Barin gemacht. Nich für dich, Kleinhirn.«

»Selber Kleinhirn«, sagt Ibo und geht wieder, aber er grinst dabei.

Und ich merke, wie ich mir innerlich den Schweiß von der Stirn wische. Ibo wird die Klappe halten. Und das heißt auch, dass Hamzas Vater nichts erfahren wird. Ich bin so derbe froh darüber. Hamza beachtet mich zwar nicht. Aber vielleicht, hoffe ich plötzlich, kann ich unsere Freundschaft doch noch retten.

31

NELSON Der allererste Ferientag. Ich mache die Augen auf und genieße einfach nur dieses Gefühl.

Aber irgendwie war es ja klar, dass Marie und ich den heutigen Tag trotzdem nicht zusammen verbringen können. Weil sie so ein super Zeugnis hat, will ihr Vater etwas mit ihr unternehmen. Sie wollte erst nicht. Ich selbst habe ihr gesagt, sie soll es machen. Wenn mein Vater am Leben wäre, bei Gott, ich würde definitiv was mit ihm unternehmen, auch, wenn Marie noch einen Tag auf mich warten müsste. Oder sogar zwei.

Ich werde mir den allerersten Ferientag trotzdem nicht verderben lassen. Ich beginne mit einem großen, feierlichen Frühstück aus Cornflakes und Milch. Ich frühstücke allein, denn Mama ist bei ihrer Selbsthilfegruppe im Bürgerhaus.

Und obwohl es still ist, ist es irgendwie schön.

Als ich gegessen habe, schiebe ich meine Müslischüssel zur Seite. Nun mach schon, du Schisser, denke ich. Dann nehme ich mein Handy und schreibe Hamza.

Bock auf Zocken?

Fünf Minuten später schreibt er zurück.

Bei dir?

Safe.

»Hi«, sage ich, als er klingelt und ich die Tür aufmache.

Ich weiß nicht, was ich sonst noch sagen soll, aber er geht einfach in mein Zimmer und klappt seinen Laptop auf. Also setze ich mich an meinen PC, und wir fangen an zu spielen.

Als Mama von der Selbsthilfegruppe zurückkommt, steckt sie den Kopf ins Zimmer. »Hallo, Hamza! Lange nicht gesehen. Alles gut?«

Hamza zeigt ihr ein Like. »Alles gut. Und selbst?«

Mama lacht und macht es ihm nach. Daumen hoch.

Später essen wir mit Mama zusammen Mittagessen und dann gehen wir nach draußen.

Es ist ein richtig geiler Sommertag.

Sozusagen automatisch gehen wir zum Spielplatz rüber und setzen uns aufs Holzkrokodil.

Und plötzlich ist da wieder dieses Gefühl, dass Ewigkeiten vergangen sind. Früher haben wir ständig hier gesessen. Aber jetzt ist es wahrscheinlich zwei Monate her, seit wir das letzte Mal zusammen hier waren. Irgendwann vor der Klassenfahrt muss es gewesen sein.

Jetzt komme ich nicht mehr darum herum.

Ich muss etwas zu dem Thema sagen.

»Du«, fange ich an.

»Hm?«

Ich warte, ob er mir hilft. Ob er vielleicht von selber was darüber sagt. *Ach komm, vergiss es,* zum Beispiel. *Lass uns nicht mehr darüber reden.*

Er sagt nichts.

»Ähm, sorry, dass ich … dass ich mich so scheiße verhalten hab, als ich erfahren hab, dass du, du weißt schon …« Ich breche ab.

Er sagt immer noch nichts.

Von der Seite gucke ich ihn an. Sein Gesicht ist wie aus Stein.

»Hamza, Mann, es tut mir echt leid! Es war nur wegen … wegen den andern …«

»Den *andern?* Du meinst *die* andern, die damals dein Gesicht in Hundescheiße gedrückt haben, oder was?«

Ich hoffe, dass er nicht weiterredet. Dass er nicht sagt: *Wer hat dir damals eigentlich geholfen, Nelson?*

Ich fühle mich so unendlich mies. »Es war *richtig* unfair«, murmle ich. »Ich … jetzt würde ich mich anders verhalten …«

Hamza schüttelt den Kopf. »Wir sind *Brüder.* Wie oft haben wir das gesagt, Alter? Und dann – wegen den *andern.*«

»Du hast recht«, sage ich leise, »du hast absolut recht.«

Und trotzdem ist da immer noch dieser Verdacht. Ich *muss* ihn einfach danach fragen. »Weißt du«, sage ich, »ich habe mich gefragt, ob …« Ich hole tief Luft. »… hast du mich damals in der Fünften verteidigt, weil … weil du auf mich gestanden hast?«

Hamza sieht mich an. Ich sehe keine Emotion. Cool wie immer.

Dann sagt er: »Und selbst wenn, Nelson?«, seine Stimme ist rau. »Was wär denn dann?«

Ich habe keine Antwort.

Hamza starrt vor sich hin.

»Wir kommen gut klar«, sagt er, »und ich weiß, dass du nich schwul bist. Selbst wenn ich jetzt sagen würd, ich fand dich vor vier oder fünf Jahren mal ziemlich süß, was würd das ändern?«

Ich habe immer noch keine Antwort.

»Siehst du«, sagt Hamza.

Er hat recht. Er hat definitiv recht.

Ich halte ihm meine Hand hin. »Es war echt nicht korrekt von mir, Bruder. Das hab ich kapiert.«

Er schlägt ein. »Is okay. Aber weißt du, hab ich eigentlich nich erwartet von dir, das alles. Vielleicht von Julius oder Karim. Von dir nich.«

»Ich lass dich nicht mehr im Stich, Digga. Ich schwör.«

32

MARIE

Wie jeden Morgen greife ich zuallererst unter mein Bett nach meinem Handy, um nachzuschauen, ob Nelson mir schon geschrieben hat.

Natürlich hat er mir schon geschrieben.

Ich geh mit Hamza und den anderen ins EEZ bist du dabei? 😘😘😘

Ins Elbe-Einkaufszentrum? 😘😘😘

Ja 🙂

Klar 🙂 Ich frag Gülcan, ob sie mitkommt. Hab keine Lust, nur Jungsklamotten zu shoppen 😛

Ok 😘 Sehen uns dann! 😘😘😘

Ich schreibe Gülcan, Theresa und Isabel, ob sie Lust haben mitzukommen. Dann stehe ich auf und stelle Musik an. Dabei denke ich darüber nach, dass die Dinge nicht immer so kommen, wie man sie sich vorgestellt hat.

Und dass sie manchmal auch genauso kommen, wie man sie sich vorgestellt hat.

Dazu gehören diese Sommerferien.

So gut wie jeden Tag dieser Sommerferien habe ich bisher mit Nelson verbracht. Manchmal gehen wir Schwimmen, manchmal ins Kino, und manchmal hängen wir einfach nur zusammen ab. Manchmal sind die anderen dabei, Gülcan oder seine Clique, manchmal nicht. Meine Mutter hat sich Sorgen gemacht, dass ich enttäuscht sein könnte, dass wir dieses Jahr aus finanziellen Gründen den Urlaub ausfallen lassen, aber es ist das Beste, was mir passieren konnte.

Als ich in die Küche komme, liegt dort ein Schreiben auf dem Tisch, das irgendwie offiziell aussieht. Daneben ein Zettel von meiner Mutter: Glück gehabt! Schönen Tag dir, bis später.

Das Schreiben ist von der Polizei. Darin steht, dass die Anzeige wegen meiner Plakataktion in Mecklenburg-Vorpommern fallen gelassen wurde, weil es sich nur um ein geringfügiges Delikt handelt.

Das Leben ist schön.

Draußen warten meine Freundinnen, und mit dem Bus fahren wir zusammen zum Elbe-Einkaufszentrum.

»Du hast dich übrigens verändert, Marie«, sagt Theresa.

»Echt?«

»Ja, du bist nicht mehr … nicht mehr immer so in Gedanken. Immer so am Rumgrübeln wie am Anfang, wo du neu warst. Und man sieht dich jetzt sogar manchmal ohne Buch.«

Stimmt. Die ersten zwei Wochen an meiner jetzigen Schule, als Gülcan und ich uns noch nicht miteinander angefreundet hatten, habe ich jede einzelne Pause lesend auf der Fensterbank verbracht.

»Echt, du bist rübergekommen wie so'ne Professorin«, sagt Isabel.

Ich schiebe meine Brille auf die Nasenspitze und sehe sie darüber hinweg streng an. »Sehe ich das richtig«, sage ich im Lehrerinnenton, »dass ›Professorin‹ hier als Schimpfwort gehandelt wird?«

Die anderen lachen.

»Schon gut!«, schreit Isabel. »Nichts gegen Bücher! Ich mein ja nur – schön, dass du inzwischen gemerkt hast, dass die Realität auch ganz okay ist!«

Ehrlich gesagt, finde ich, sie hat recht.

NELSON

Mit meinen Freunden stehe ich vorm Elbe-Einkaufszentrum und warte auf Marie.

»Sollen wir nich schon mal reingehn?«, sagt Alex. »Sonst sind vielleicht diese geilen Fußballschuhe weg.«

»Du und deine Fußballschuhe. Echt unnormal«, sage ich.

Hamza grinst.

Auf der anderen Straßenseite steigen meine Freundin, Gülcan, Theresa und Isabel aus dem Bus.

»Hier! Hier sind wir!«, schreie ich und winke.

»Bei Gott, mit Nelson kann man sich echt nirgendswo zeigen, Digga«, sagt Julius.

Marie kommt auf mich zugelaufen, und ihre blonden Haare leuchten in der Sonne. Ich nehme sie in die Arme, und dann gehen wir alle zusammen rein.

Erst mal fahren wir hoch, damit Alex endlich aufhört, nach diesen Fußballschuhen zu jammern.

»Ey Leute, guckt mal!« Tolga zeigt auf die Rolltreppe gegenüber, die uns von oben entgegenkommt. Dort steht Herr Zimmermann und neben ihm ein anderer Mann, genauso groß und dünn wie Herr Zimmermann selbst. Sie reden und lachen und wir beobachten, wie sich ihre Finger ineinander verhaken.

»Das Orakel hat wirklich recht gehabt!«, sagt Karim mit weit aufgerissenen Augen.

»Na und?«, sagt Julius. »Er is trotzdem korrekt, Digga.«

»Hallo, Herr Zimmermann«, ruft Tolga.

Herr Zimmermann guckt her, und als er uns erkennt, lächelt er uns mit einem etwas verlegenen Kopfnicken zu. Dann stupst er seinen Freund an und zeigt auf uns. »Guten Morgen!«, ruft er, als wir aneinander vorbeifahren. »Hat man denn nicht mal in den Ferien seine Ruhe vor euch?«

Wir grinsen.

Dann gehen wir zu dem Laden mit den Fußballschuhen. Rechts von mir läuft Marie. Links von mir Hamza.

Und keiner zwischen uns.

ENDE

DANKE

Mein herzlicher Dank gilt allen Menschen, die mich ermutigt und unterstützt haben, insbesondere:

meinem Mann **Sascha** ❤
meinen Freunden
Adrian Brooker
Bernd Spoerhase
Christiane Schwadten
Constance van Vondelen
Eberhard Köhler
Franziska Reipert (beste Schwester aller Zeiten)
Gabriele Spoerhase
Iain Greis
Joanna Carle
Korinna Schultz
Lukas Rebbelmund
Martin Schleiß
Morten Brandt
Natalja Bresner
Reini Beverdam
Rosa van Vondelen
Ute Bruckhart
Uwe Lange

Außerdem meinem größten Fan Christine Kurtz, Joachim Herrmann, der mich ermutigte, ein Jahr Pause vom Unterrichten zu machen, Thamiena Kassem, Simone Felber, Rudi Groddeck und auch von ganzem Herzen meinen Eltern.

Und natürlich:

Meinen wunderbaren Lektorinnen **Alexandra Link** und **Angela Iacenda**
meiner Agentin **Saskia von Hoegen**, die von Anfang an an diese Geschichte geglaubt hat

und den großartigen Testlesern, Tippgebern, Raptextern

Sergen Yalcin
Pia Mandelbaum
und
Momodou Nelson Conateh.

Juliane Pickel

Krummer Hund

Roman, 264 Seiten (ab 14), Gulliver TB 81299
Ebenfalls als E-Book erhältlich (75876)
Nominierung für den Deutschen Jugendliteraturpreis
LUCHS des Jahres 2021 (ZEIT / Radio Bremen)

Daniel ist vor allem eins: wütend. Sein Vater ist weg, seine Mutter schleppt einen Liebhaber nach dem anderen an. Doc, ihr neuester Freund, ist der Mann, der Daniels Hund eingeschläfert hat. Trotzdem gewinnt Daniel ihn lieb. Bis zu einem tödlichen Unfall nach einer Party, durch den Daniel ein schrecklicher Verdacht kommt. Kann er seinen Erinnerungen an diese Nacht glauben?

Mirjam Pressler

Dunkles Gold

Roman, 336 Seiten (ab 14), Gulliver TB 75491
Ebenfalls als E-Book erhältlich (75799)

Laura lässt das Geheimnis, das den mittelalterlichen jüdischen Schatz von Erfurt umgibt, nicht mehr los. Sie taucht ein in das Schicksal von Rachel und Joschua, die 1349 zusammen mit ihrem Vater alles zurücklassen und vor dem Pestpogrom fliehen mussten. Vielleicht ist es diese Geschichte, weshalb Laura gerade jetzt Alexej begegnet, der lieber verschweigen möchte, dass er Jude ist. Allmählich versteht Laura, in wie viele Fettnäpfchen man treten kann, wenn man sich in einen Juden verliebt, und was es heute bedeutet, jüdisch zu sein.

GULLIVER www.beltz.de
Beltz & Gelberg, Postfach 10 01 54, 69441 Weinheim